AF139229

DUMPFLING GOES VIENNA!

Eine satirische Erzählung von Günter Leitenbauer

Foto Titelseite: © Günter Leitenbauer

„Handle nur nach derjenigen Maxime, durch die du zugleich wollen kannst, dass sie ein allgemeines Gesetz werde."

Der „kategorische Imperativ" von Immanuel Kant

Vorwort des Autors

Die paar Leute, die die ersten beiden Bücher gelesen haben, ersuchten mich, die Serie nicht einzustellen.

Ein Wunsch, dem ich gerne nachkomme, wobei das vorliegende Buch vom Handlungsort her etwas urbaner ist. Außerdem wüsste ich nicht, wo ich die Serie einstellen soll, mein Haus ist voll.

Aber seht selbst, was Uschi, Sunny, Turteltäubchen & Co. so treiben ...

An dieser Stelle möchte ich meiner Lektorin und lieben Freundin Doris Rettenegger danken, die mir auch bei diesem Buch mit vielen Tipps wieder die nötigen Anstöße gab, damit es — wie ich hoffe — lustig und gut werden konnte.

Viel Spaß mit dem Buch!

Günter Leitenbauer, Dezember 2015

Prolog

Es geschieht sehr selten, dass neugeborene Kinder vertauscht werden. Die Sicherheitsvorkehrungen und das Qualitätsmanagement in den Krankenhäusern und Geburtskliniken eines modernen, europäischen Staates sind in dieser Beziehung vorbildlich. Wobei mit „Qualität" jetzt natürlich nur die Dienstleistung der Gebärinstitute gemeint ist und nicht die Produktqualität als solches.

Aber auch etwas, das so gut wie nie vorkommt, passiert laut Murphy irgendwann doch einmal. Und blöderweise geschah so ein Unglück genau dem Hirzberger Siegi und seiner Alexandra aus Dumpfling. Wobei, eigentlich geschah es dem Hinzberger Markus und seiner Maria aus Ganshofen, die am selben Tag wie die beiden Dumpflinger einen Sohn zur Welt brachten (ja, ja natürlich hat den Sohn die Maria zur Welt gebracht, aber schließlich wurde der Markus bewusstlos, nicht sie. Es war also auch für ihn anstrengend, was sich auch daran zeigte, dass er während der Schwangerschaft mehr zugenommen hatte als seine Frau).

Jedenfalls hatte sich eine Angestellte der Geburtsstation im Januar 1997 irgendwie vertippt oder verschrieben, vermutlich weil sie übermüdet war, und das kam daher, dass ihr Ehemann von Halbe-Halbe nur im Gasthaus etwas hielt, weshalb sie neben dem Beruf auch noch die ganze Hausarbeit machen musste, und so nahmen eben die Hirzbergers ihren Sohn Florian mit, der eigentlich Adrian Hinzberger heißen sollte, und die Hinzbergers bekamen dafür den Florian, den sie aber Adrian nannten.

Kurt Ostbahn hätte dazu sicher gesagt: „A blede G'schicht, aber mir ist's wurscht!", aber wenn du von so etwas betroffen bist, sieht das anders aus. Zum Glück ahnten die Eltern und auch die Buben davon jedoch nichts, und das blieb auch so bis schließlich beide Söhne im Herbst 2015 studieren gingen.

Und zwar nach Wien.

1

Ausnahmsweise war in Dumpfling einmal weder die Hölle noch sonst etwas los, wenn man von einer Latte am Gartenzaun der Mimi absah, die schon seit einiger Zeit so lose war wie das ortsbekannte Mundwerk der Besitzerin. Und die hatte nach dem ganzen Theater im November bis weit in den Dezember hinein endlich einmal genug Gesprächsstoff gehabt und den Ort, oder genauer gesagt seine Einwohner, mit allerlei Hintergrundwissen zum Ausraster des ehemaligen Vizebürgermeisters Vukovic versorgt, wobei das meiste davon aber zum größten Teil weniger wahr als vielmehr gut erfunden war.

Gestört hat es keinen. Gut erfunden ist zumeist eh lustiger als wahr. Die Wahrheit wird irgendwie immer überschätzt. Was ist überhaupt Wahrheit? Von welcher reden wir? Von deiner oder von meiner? Oder gar einer objektiven? Gibt es so etwas überhaupt?

Keine Angst, das war jetzt auch schon der philosophische Teil dieser Geschichte, die „in Wahrheit" von etwas ganz anderem handelt.

Seit Oktober war nämlich der Flocki, wie alle den Florian Hirzberger nannten, „auf Wien studieren gegangen." Sein Onkel hielt nicht viel davon. „Was studierst? Mathematik? Sag gleich du studierst auf arbeitslos!", meinte er recht direkt zum jungen Studiosus in spe, als die Familie bei einem Kaffee zusammen saß. Wobei, sein Onkel trank keinen Kaffee, der trank Most, und das meistens zu viel, aber das spielt hier keine Rolle. Und sein Vater trank Irish Coffee, nach altem Originalrezept. Nicht bekannt? Das ist ganz einfach: Man nehme eine Tasse, lege eine irische Goldmünze hinein, darüber kommt starker Kaffee, bis man die Münze nicht mehr sieht und dann Irish Whisky, bis sie wieder sichtbar wird.

Florian versuchte vergeblich – genauso vergeblich wie bei seinem Vater – dem Onkel zu erklären, dass Mathematiker hervorragende Berufsaussichten bei Versicherungen hätten, speziell mit Fachgebiet Statistik. Das ist ja schließlich der Grund, warum Versicherungen so viel Geld haben. Weil eben bei einer großen Menge Versicherter die Prämien in Summe mehr bringen – viel mehr – als die Versicherungsfälle kosten. Und Versicherungsmathe-matiker haben nun die Aufgabe, uninteressante, weil potentiell Versicherungsfälle produzierende, Klienten auszusieben, in dem sie mittels gefinkelter mathematischer Methoden schon als solche erkannt werden, noch bevor sie selbst wissen, dass ihnen irgendwann einmal das Haus über dem Kopf abbrennen wird. Statistisch gesehen.

„Da reicht zusammenzählen.", war die lakonische Antwort des Onkels auf diesbezügliche Erklärungsversuche. Was willst du darauf noch sagen? Außer „Prost" vielleicht.

Sein Onkel war überhaupt eine ganz besondere Nummer. Er war Totengräber, was ja im Prinzip ein krisensicheres Geschäft ist. Allerdings, so Onkelchen, habe man wenig Möglichkeiten, Neukunden von den Vorzügen der angebotenen Dienstleistung zu überzeugen, hahaha. Was ihn nicht daran hinderte, auf seinen Miniaturfriedhofs-bagger in riesigen Lettern *„Zieh nicht fort, stirb im Ort!"* und *„Dein Tod, mein Brot!"* drucken zu lassen. Aquisition auf die gewohnt charmante Dumpflinger Art eben.

Seinem liebsten Saufkumpanen, dem Dorfarzt der Nachbar-gemeinde, hatte er im Wirtshaus dann nach etlichen Halben Most einmal allen Ernstes vorgeschlagen, doch ein „Tschoint Wäntscha" mit ihm einzugehen: „Wäre ja nur logisch. Deine Kunden kommen über kurz oder lang eh alle zu mir. Meistens dauert es nicht einmal besonders lange, hahaha!"

Ja, Flockis Onkel war eine Frohnatur, wie sie im Buche stand!

Somit setzte sich der Flocki im September in den Zug, um sich in Wien eine Wohnung zu suchen. Inskribiert war er schon, das ging ja heutzutage recht einfach über das Internet. Und weil er, ganz untypisch für einen Mathe-matiker, recht praktisch veranlagt war, hatte er auch schnell eine Bleibe gefunden, die zudem einigermaßen erschwinglich war. Irgendwo im „zehnten Hieb", wie die

Wiener Favoriten so liebevoll nannten, eigentlich ganz in der Nähe der Hasengasse, die wir noch alle vom Mundl Sackbauer kennen, jedenfalls die Älteren unter uns. Diese Wohnung durfte er aber nur knapp zwei Monate benutzen, weil das Haus dann abgerissen werden sollte, erklärte man ihm. Aber innerhalb zweier Monate würde er schon etwas finden, dachte er sich und hoffte, dass ihm bis dahin die Bude nicht über dem Kopf einstürzen würde.

Und so war das dann auch. Er fand eine nette, kleine, aber etwas zu teure Wohnung im siebten Wiener Gemeindebezirk, Nähe Gürtel, und inserierte mittels eines Zettels an der Uni „Suche Mitbewohner". Das war so ein Zettel, wo man darunter zehnmal die eigene Telefonnummer notiert, damit jeder sich eine abreißen kann, wobei oft der erste alle abreißt, damit er der einzige bleibt. Dieser Taktik entgegenwirkend hängt man dann auch mehrere solcher Zettel an verschiedenen Stellen auf. Keine Strategie bleibt lange ohne Gegenstrategie!

Tags darauf meldeten sich drei Bewerber, die er im Stundenrhythmus zur Besichtigung in die mittlerweile schon von ihm bezogene Wohnung in der Kaisergasse einlud. Die Wohnung hatte etwa 45 Quadratmeter, lag im ersten Stock (es gab sogar einen Lift, der aber nie funktionierte) und hatte zwei Fenster auf den Hinterhof hinaus, wo man als Gratisunterhaltung die Streitereien in der Wohnung der Prochaskas aus dem Haus gegenüber mitverfolgen konnte sowie Bad, Küchennische und zwei getrennte, kleine Zimmer.

*

Der erste Bewerber war ein nicht mehr ganz so junger, deutscher Philologiestudent im achtzehnten Semester, den seine Exfreundin von heute auf morgen aus der Wohnung geworfen hatte, als sie ihn in flagranti erwischte. Nein, nicht mit einer anderen, sondern mit ihrem Gras. Eine Frau hätte sie ihm vielleicht noch verziehen, meinte er, aber ihr das Marihuana wegzurauchen, das wäre in ihrer Welt anscheinend ein Vertrauensbruch, den sie nicht nachsehen könne. Jedenfalls bräuchte er jetzt eine Wohnung.

Er sucht vermutlich immer noch.

Der zweite Bewerber war ein Bure. Er studierte Medizin im dritten Jahr. Seine Eltern waren nach der Machtübernahme Mandelas aus Südafrika nach Deutschland ausgewandert. Florian unterhielt sich recht anregend mit ihm, obwohl sich die Ansichten des Typen bezüglich andersfarbiger Menschen teilweise ziemlich – hmmm – einseitig, antiquiert und rassistisch anhörten. Der Deutsche, er hieß Hanno, erklärte ihm dann, dass die Pathologieprüfung echt ein Horror gewesen sei. Kaum zu schaffen der Lernumfang. Er wäre nur bis zum Hals gekommen, hätte also den Kopf ausgelassen. Glücklicherweise sei bei der Prüfung keine Frage zu Krankheiten des Kopfes gekommen. Welche

Fachrichtung er einmal machen wolle? Ja, weiß nicht so genau, vielleicht Neurologe.

Flocki beschloss, nie einen Hirntumor zu bekommen. Nein, nicht einmal Migräne!

Und dann kam Adrian, ja genau, der Adrian Hinzberger, also irgendwie der Sohn seiner Eltern, was aber der Flocki natürlich nicht wusste (und sonst auch niemand, nicht einmal die Krankenschwester, der damals der Irrtum unterlaufen und die mittlerweile geschieden war, weil sie ihren Mann mit einem anderen verwechselt hatte), und die beiden verstanden sich auf Anhieb bestens, was bei Brüdern und irgendwie doch nicht Brüdern nicht verwunderlich ist. Adrian war wie Flocki gerade erst nach Wien gekommen und studierte ebenfalls Mathematik. Sogar auf der selben Uni, in Wien konnte man das ja auf zwei Universitäten studieren. Da taten sich natürlich gewisse Möglichkeiten auf, sich die Arbeit aufzuteilen, wie die beiden sofort erkannten. Und zudem kam er quasi aus dem Nachbarort, dachte Florian. Die Welt ist eben ein Dorf, hätte seine Mutter, beziehungsweise die Mutter Adrians, dazu gesagt.

Solche Zufälle gibt es im wahren Leben natürlich höchst selten, aber in Geschichten wie dieser, die man in Büchern liest, ist das nichts Ungewöhnliches. Zumal es in unserem

Fall ja tatsächlich so war, also nicht erfunden und wenn doch, dann gut. Die Mimi hätte ihre Freude daran.

Man beschloss also, sich die Miete zu teilen, und Adrian zog bei Florian ein. Die Wohnung war für „A & F", wie beide erkannten, und sie lachten sich spätestens beim vierten Bier halb tot darüber. Auch als Adrian irgendetwas sagte, und Flocki darauf meinte: „Du redest ja schon wie mein Vater!". Womit er der Wahrheit ziemlich nahe kam, was er aber wie bereits mehrfach erwähnt nicht wusste.

*

Der Adrian hätte natürlich die Wohnung gar nicht gebraucht. Seine Mutter hatte sich nämlich, als er fünfzehn war, von seinem Vater scheiden lassen und war nach Wien gezogen, wo sie im AKH als Krankenschwester arbeitete. Die Scheidung war sehr schnell abgelaufen. Als Adrians Vater entdeckt hatte, dass sie seit Jahren einen Liebhaber hatte, war ihm nichts übriggeblieben – so sah er das zumindest – als seinen Anwalt anzurufen und die Scheidung einzureichen. Dem Anwalt Prillinger war's recht, er hatte sowieso gerade einen Wintergarten in Auftrag gegeben, und irgendwie musste der auch finanziert werden.

Wie erwachsene Menschen hatten sich die beiden zusammengesetzt und die Angelegenheit vernünftig diskutiert, was damit geendet hatte, dass Adrians Vater mit einer Platzwunde ins Krankenhaus Wels eingeliefert worden war. Der Porzellanteller, dem seine Mutter das Fliegen beigebracht hatte, wobei dieser die Stirn des Vaters als Landebahn fehlidentifizierte, war dabei genauso zu Bruch gegangen wie die Ehe. Ein Trumm weniger, um das man sich streiten musste. Bei Scheidungen streitet man sich ja um alles, selbst um die alte Kommode, die sie damals gekauft und er immer gehasst hatte.

Schlussendlich verglich man sich auf eine angemessene Auszahlung für Adrians Mutter Maria Hinzberger, mit der sie sich eine Eigentumswohnung in Wien kaufen konnte, und der Sohn blieb beim Vater.

Glaubte er zumindest, wir wissen das ja mittlerweile besser.

Auf das Angebot seiner Mutter, doch während des Studiums bei ihr zu wohnen, ging er nur unter der Bedingung ein, dass es nur so lange sein sollte, bis er sich etwas eigenes gesucht haben würde. Was dann eben als Mitbewohner von Florian Hirzberger auch der Fall war.

Er teilte seiner Mutter Maria natürlich mit, wo ihr Sohn in Zukunft wohnen würde. Und er hatte damit sogar Recht, allerdings ganz anders, als er zu wissen glaubte.

„Aber bitte Mama: Ruf an, wenn du mich besuchen willst. Keine unangemeldeten Kontrollbesuche, okay?"

2

Ein wenig war in Dumpfling aber doch die Hölle los. Geht ja auch gar nicht anders!

Dumpfling hatte sich erbötig gemacht, heuer den Christbaum (Christbaum, nicht Weihnachtsbaum – wir sind traditionsbewusst!) für Wien zu liefern. Eine fast dreißig Meter hohe Fichte, die vor dem Rathaus aufgestellt werden sollte. Eine große Ehre für das kleine, skandalgebeutelte Dorf, der armen Hauptstadt baumtechnisch unter die Arme greifen zu dürfen. Diese Ehre würde natürlich standesgemäß mit Pomp und Trara und Musikkapelle am ersten Advent in Wien gefeiert werden.

Der Baum war dann drei Meter kürzer als geplant, weil einige Dumpflinger Jugendliche das Ding im Vollrausch irgendwie mit dem Maibaum verwechselt und im Sinne gelebten Brauchtums unten ein Stück abgesägt hatten. Eigentlich wollten sie ihn in der Mitte durchsägen, aber sie waren so am Ende, dass sie diese – zum Glück – nicht gefunden hatten.

Bis auf einen. Der hatte den Baum in der Mitte halb durchgesägt, war dann aber kotzen gegangen, weil das Bier und der Schnaps den richtigen Körperausgang nicht fanden, und hatte sich danach zum Schlafen hingelegt, ohne sein Werk zu vollenden. Den halb durchgesägten Schnitt hatte aber glücklicherweise keiner bemerkt, und so werden wir in dieser Geschichte noch unseren Spaß daran haben.

Zur Strafe durften die Jugendlichen dann nicht mit nach Wien, obwohl drei von ihnen in der Musikkapelle waren. Oder vielleicht auch, weil man fürchtete, sie könnten ihr Vorhaben dort doch noch zum angestrebten Ende bringen. Was weiß man schon?

Jedenfalls würden in Kürze einige Busse, also praktisch die gesamte Gemeinde Dumpfling, Wien ihre Aufwartung machen und den G'scherten (im Bundesland sind das die Wiener, in Wien die Leute aus dem Bundesland) zeigen, wo Bartl den Most holt. Oder das Bier. Von mir aus auch den Schnaps.

Weil Hotels teuer sind, war für den gleichen Abend dann auch die Rückreise geplant, und der Busunternehmer hatte eine Generalreinigung der Busse im Preis mit einkalkuliert.

*

Dr. Armin Turtler aus Kulmbach, alias Turteltäubchen, war komplett geschafft. Jahrelang hatte er diese jungen Dinger im Bett gehabt, aber so komplett fix und fertig wie nach ein paar Stunden mit Uschi Wagner war er da nie gewesen. Das Luder war unersättlich und ziemlich einfallsreich, wie er ihr gerne zugestand. Es gab in der Tat Schlimmeres, das einem zustoßen konnte.

Im Unterschied zu ihrem verflossenen Lover, dem Tischlermeister Nagel, konnten die beiden sich der Annehmlichkeiten seines Hauses in Kulmbach bedienen. Auf Bitte von Uschi hatte er sich da im Dachgeschoß ein „Spielzimmer" eingerichtet, das eher wie eine mittelalterliche Folterwerkstatt aussah. Er mochte nicht daran denken, was seiner Reinigungsfrau durch den Kopf gehen mochte, wenn sie ... nein, nur nicht daran denken. Er bezahlte schließlich recht gut, da musste sie sich darüber keine Gedanken machen, oder? Und wer weiß, was die selbst in ihrer Freizeit so trieb? Und außerdem dachte die sowieso türkisch, das würde ja eh keiner verstehen.

Da dies aber eine brave wenn auch da und dort etwas schräge Geschichte ist, wollen wir hier und jetzt darauf nicht näher eingehen. Vielleicht kommt einmal eine 18+ Version dieses Buches heraus, darauf lohnt es sich dann auf jeden Fall zu warten.

Uschi war gerade gegangen, und Turteltäubchen saß wie gesagt ziemlich müde im Bademantel in seinem Polstersessel im Wohnzimmer und genoss einen guten Bordeaux. Es war ein Chateau Giscours 3e Cru aus dem Margaux, die Flasche zu 140,- EUR – wirklich ein feiner Tropfen, der seiner Meinung nach keine großen Unterschiede mehr zu einem Chateau Margaux erkennen ließ, der gut das Fünfzehnfache kosten würde. Das war selbst ihm zu teuer für einen Wein. Er fühlte sich schon mit dem Giscours einigermaßen als Snob, aber das Leben war zu kurz, um schlechten Wein zu trinken, wie ein Freund einmal gemeint hatte, bevor er schließlich an Leberzhirrose gestorben war.

Seine Wildkatze hatte demnächst ihren geht-keinen-an-wievielten Geburtstag, und ihr Mann war wieder einmal auf Geschäftsreise. Irgendwo in Norddeutschland, meinte sie, und dass er mehr als eine Woche weg sein würde.

Er beschloss, die Gelegenheit zu nutzen und ächzte, als er sich aufrichtete, um am Notebook für drei Tage ein schönes Hotel in Wien zu buchen. Und gleich noch ein paar Opernkarten zu bestellen. Für das Singspiel „Die Zauberflöte". Er musste lachen. Uschi spielte seine Zauberflöte in der Tat wie eine Königin der Nacht. Pa-pa-pa-pa-papagena, hahaha, was für ein buntes Vögelchen. Bei dem Gedanken spannte es schon wieder im Schritt. Ja, ja – Turteltäubchen war für sein Alter noch ganz schön Mann!

∗

Zufälle sind irgendwie Herdentiere, ist euch das schon einmal aufgefallen? Alleine fühlen sie sich einsam und verstecken sich, bis ein anderer Zufall des Weges kommt. Dann besaufen sich die beiden, und wenn nicht noch ein dritter daherkommt, was häufig der (Zu-)Fall ist, dann fallen sie über einen oder mehrere Unschuldige in grausamster Art her, wie sie es nüchtern nie gewagt hätten, und bringen sie zu Fall. Deshalb heißen sie eben auch Zufall!

Einer dieser Zufälle war, dass dem Gerhard „Sunny" Sonnbauer, der Ganshofener Privatdetektiv, der in den letzten Monaten so viel erlebt und dessen Geschäft seit seinem ersten Fall als Privatermittler einen ungeahnten Boom erlebt hatte, klar wurde, dass er dringend Urlaub brauchte. So konnte das nicht weitergehen. Jetzt kam bald Weihnachten, und seit mehr als einem Monat arbeitete er praktisch Tag und Nacht. Sicher, das brachte ganz schön viel Geld ein, aber er war müde.

Und so kam Sunny zu dem Schluss – und das ist ein Zufall, ob man es glauben will oder nicht – zur selben Zeit und im gleichen Hotel wie unser Turteltäubchen ein paar Tage auszuspannen. Mittlerweile konnte er es sich leisten, ein feines Hotel zu buchen.

Sunny war jetzt weniger der typische Kulturfreak, also reservierte er keine Opernkarten, aber – das wusste er nur noch nicht – in einem gewissen Sinne sollte er in Wien trotzdem mit einer Königin der Nacht in Kontakt kommen.

*

Sowohl Florian als auch Adrian bekamen von ihren Eltern etwas Geld, das für die Miete und das Essen reichte. Die

Lehrmittel und die Fahrkarten nach Hause bekamen sie auch bezahlt, aber nicht pauschal, sondern genau in dem Maße, wie sie diese benötigten.

Das war durchaus großzügig, weil das Leben in Wien nicht gerade billig ist, hatte aber auch den Nachteil dass sie darüber hinaus kaum Geld zur Verfügung hatten, um Wiens Nachtleben unsicher zu machen.

„Haben Sie Wien schon bei Nacht gesehen?", sang vor Jahren ein bekannter österreichischer Künstler – und er hatte Recht. Das fanden auch die beiden und überlegten sich eine Strategie, wie man dem leidigen, pekuniären Mangelzustand abhelfen könnte.

Neben dem ziemlich anspruchsvollen Studium eine Arbeit anzunehmen, war keine Option. Das würde auf Kosten des Studiums gehen, und sie wollten keine ewigen Studenten sein, zumal das auch ihre Eltern kaum gebilligt hätten, wo sie doch eh mit allem versorgt waren, was man so brauchte, oder? Jetzt studier brav, Bub!

Aber ein Student braucht auch etwas Abwechslung! Das verstanden die Eltern einfach nicht. Wenn man schon in der großen, weltoffenen, multikulturellen Hauptstadt ist, soll und muss man diese Zeit auch kulturell nutzen, mit oder ohne „multi" davor. Zum Beispiel für die zahlreichen Studentenheimfeste, die ultimative Spaß- und Hasen-garantie. Bei diesen Festen war immer etwas los. Die meisten soffen sich zwar nur hirnverbrannt weg, aber das störte nicht, im Gegenteil. Betrunkene Männer waren temporär deaktivierte Konkurrenten für die verbliebenen Frauen, und betrunkene Frauen – sofern sie nicht gleich komatös wurden – waren noch einfachere Opfer als nüchterne. Allerdings durfte man auch keine Spaßbremse sein. Es kam darauf an, gerade so viel mitzutrinken, um cool zu sein aber nicht genug, um bewusstlos zu sein.

Und das kostete Geld.

Aus diesem Grund hatten Flocki und Adrian einige Nebenerwerbsquellen aufgetan.

Wenn man ein technisches Fach studiert, hat man in den ersten Semestern ziemlich viele Übungen. Die dienen dazu, die weniger geeigneten Studenten möglichst früh derart zu frustrieren, dass sie das Studium gern aufgeben. Das nennt sich „positive Selektion" oder „Orientierungsphase". Übrig bleiben sollten die besser geeigneten Studenten. „Survival of the fittest", würde Darwin dazu gesagt haben. Anders wäre es auch gar nicht möglich. Dreihundert Mathematikstudenten pro Jahr verkraften die fortführenden Vorlesungen ja gar nicht.

Und so hat man also im ersten und zweiten Jahr jede Woche eine Übung, bei der man zehn Aufgaben bekommt, die bis zur nächsten Woche zu lösen sind. Alle Studenten bekommen die gleichen Aufgaben. Von diesen zehn

Aufgaben muss man über das Semester gerechnet siebzig Prozent ankreuzen, damit man die Übung positiv abschließen kann, wobei man auch noch Klausuren zu absolvieren hat. Und wenn man eines dieser Beispiele ankreuzt, kann es einem passieren, dass man es in der nächsten Übung vorrechnen muss. Stellt sich dabei heraus, dass man es nicht verstanden hat, dann ist das nach dem zweiten Mal das Ende der Übung. Und das ist im Allgemeinen dann auch das Ende des Studiums. Ein Studentenleben ist oftmals härter, als viele glauben!

Diese Beispiele waren zum Großteil nicht sehr einfach, aber Flocki und Adrian waren ziemlich gut in Mathematik und hatten fast immer alle zehn recht schnell erledigt. Was manche Kollegen auf die Idee brachte, sie darum zu bitten: „Kannst du mir bitte das Neunerbeispiel mailen? Ich schaffe das irgendwie nicht!", was in der Übersetzung aus der Studentensprache heißt: „Ich habe mir gestern am Laudonfest wenig selektiv ein paar Millionen Gehirnzellen vernichtet, und da waren offensichtlich auch ein paar mathematische dabei."

Und anstatt das für Gotteslohn oder aus reiner Nächstenliebe zu machen, beschlossen sie, für jeweils vier Euro auf ihr Paypal-Konto alle Beispiele einer Übung einem Studenten als eBook auf seinen Kindle oder einen anderen Reader zu mailen. Zeitgerecht und mit Erläuterung der wichtigsten Rechenschritte, sodass es selbst der Dümmste auswendig lernen konnte.

Das brachte pro Woche locker hundertfünfzig Euro, da sich dieses Angebot schnell herumgesprochen hatte. Und zudem waren sie stets gefordert, im Studium Top-leistungen zu bringen. Eine glatte Win-Win-Situation, wie sie feststellten. Zumindest für die beiden. Spätestens bei der Klausur würde ihr System die eigene Kundschaft ausdünnen, aber bis dahin lag noch ein langes Semester vor ihnen. Und auch in den Folgesemestern würden sich da sicher solche Einnahmequellen auftun.

Eine andere Verdienstmöglichkeit waren die vielen Lehrbücher, die sie für das Studium brauchten. Sie scannten sie ein, was ein beträchtlicher Aufwand war, und verkauften diese Scans wiederum als eBook an ihre Kollegen. Das war natürlich ziemlich illegal, aber irgendwie hatte sie noch keiner verpfiffen, und so verdienten sie damit am Semesteranfang ebenfalls ganz gut.

Alles in allem konnten sie sich so einen recht angenehmen Lebenswandel leisten. Was sie auch taten.

*

Was die beiden als angenehmen Lebenswandel bezeichneten, darüber hätte Dimitrij Kusnetsov nur gelacht.

Dimitrij, den seine Bekannten – Freunde hatte er kaum – mit einer Mischung aus Ehrfurcht, Angst und Hass nur „Messer" nannten, war der uneingeschränkte Herr des Gürtels im Bereich zwischen Westbahnhof und Neustiftgasse, wo der Einflussbereich einer anderen Familie und vor allem der Türkenmafia begann. Sein Machtbereich umfasste jegliches Geschäft mit Prostituierten und Rauschgift, das in dieser Gegend über die Bühne ging.

Und das waren einige Geschäfte!

Aus diesem Grund pflegte Dimitrij einen sehr luxuriösen Lebenswandel. Er bemühte sich, in die Wiener Gesellschaft aufgenommen zu werden, ging in die Oper, in das Burgtheater (wo er regelmäßig einschlief und dann leider laut zu schnarchen pflegte, was seinen gesellschaftlichen Bemühungen nicht dienlich war), aß in den besten Restaurants (das Rülpsen nach dem Essen hatte er sich zumindest schon abgewöhnt), und so weiter. Zuletzt hatte man ihn sogar auf einer Vernissage für moderne Kunst gesehen, wo er dann leider ein Objekt mitten im Raum für vergessene Putzutensilien hielt und sich laut darüber lustig machte, dass der Galerist wenigstens den Eimer und den Mob hätte wegräumen können, bis ihm der Künstler mit einem süffisanten Grinsen mitteilte, dass das eben ein Kunstobjekt sei, und ja, der Mob hätte hier eigentlich nichts verloren, ob er nicht gehen wolle?

Akzeptiert wurde er von der feinen Wiener Gesellschaft trotz aller Bemühungen nicht, bestenfalls geduldet. Du kannst zwar einen Jungen aus der Gosse holen, aber niemals die Gosse aus dem Jungen. Und so war er zu einem einigermaßen verbitterten Mittvierziger geworden, der seine brutale und gewalttätige Art nur mit größter Mühe halbwegs unter Kontrolle halten konnte. Und manchmal konnte er das nicht.

Eine psychologische Analyse wäre vielleicht zu dem Schluss gekommen, dass Dimitrij ein veritables Selbstwertproblem mit sich herumschleppte. Er war in der Schule nie eine besondere Leuchte gewesen, aber die Lehrer schienen ihn so sehr zu mögen, dass sie mehrmals darauf bestanden, ihn ein weiteres Jahr in ihrer Klasse zu haben.

Mit fünfzehn Jahren begann Dimitrij die Bildung seines Geistes durch eine Bildung seines Körpers zu ersetzen. Weil er auch hier wenig empfänglich für gute Ratschläge war, pumpte er mit einem unausgewogenen Training mit viel zu viel Gewicht seine Muskeln vor allem an Armen und Oberkörper auf ein Maß auf, welches selbst ein Michelinmännchen unter Steroiden vor Neid hätte erblassen lassen. Irgendwie hatte man, wenn man seinen Körper betrachtete, immer das Verlangen, mit einer Nadel hineinzustechen, nur um zu sehen, ob er dann wie ein Luftballon durch die Luft schwirrte, den man losließ ohne ihn zuzuknoten.

Vielleicht war daran auch der Roland Düringer Schuld. Dessen erstes Kabarettprogramm „Hyperbolic" hatte es dem Nachwuchspaten sofort angetan. Nur ersetzte er das „Hyper" durch „Ana" und ruinierte sich so, ohne dass er davon wusste, seinen Körper. Zwei Jahre nach unserer Geschichte würde er mit Multiorganversagen ins AKH eingeliefert werden und nach einigen Tagen sterben. Aber das ist eine andere Geschichte, und sie wird mangels Interesse nicht erzählt werden.

Sich unter Kontrolle zu haben, das war eben nicht sein Ding.

Am kommenden Wochenende würde er sich aber zusammenreißen müssen. Er hatte einen Stadtrat und den Polizeichef in die Oper eingeladen. Natürlich in die beste Loge, die für Geld erhältlich war. Danach stand für ihn und seine Gäste ein kurzer Besuch in der Garderobe der Sopranistin auf dem Programm, einer Russin. Es hatte ihn nur einen Anruf gekostet. Leider hatte der Polizeichef abgesagt, aber der Stadtrat wollte kommen. Beziehungsweise wollte er abgeholt werden. Und dann kommen, hahaha. Dafür würde Dimitrij schon sorgen.

Er war sicher, dass sich die paar Euro für diesen Abend in absehbarer Zeit mehr als lohnen würden. Selbst in Wien musste man sich mit Stadtregierung und Polizei gut stellen, wenn man Geschäfte wie die seinen betreiben wollte.

Wenn nur diese verdammten Kontaktlinsen nicht wieder den ganzen Abend kratzen würden. Dimitrij war ja seit seiner Kindheit extrem kurzsichtig. Ohne Linsen war er praktisch blind. Und obendrein war er irgendwie zu dämlich, um sie ordentlich zu pflegen, weshalb er sich dauernd mit Augenentzündungen herumschlug, die ihm den wenig schmeichelhaften Spitznamen „Heuler" eingetragen hatten, wobei aber keiner, dem seine Gesundheit und sein Leben lieb war, diesen Namen in seiner Gegenwart je auszusprechen wagte.

Das ging so weit, dass man sogar alle Themen, die mit Augen, Weinen oder Sehbehelfen zu tun hatten, in Dimitrijs Gegenwart vermied.

3

In Dumpfling machte man an diesem Freitag alles für den Christbaumtransport bereit. Früh morgens am nächsten Tag würde er lostuckern. Es dauert seine Zeit, einen fast und nun doch nicht mehr ganz dreißig Meter langen Baum zweihundert Kilometer in die Hauptstadt zu bringen.

Die Busse würden dann einige Stunden später losfahren. Allesamt gut gefüllt wie auch die Onboardkühlschränke. Es ist immer wieder faszinierend, wie selbst einigermaßen angeheiterte Musiker in einer Kapelle immer noch recht sauber einen Marsch blasen konnten.

*

Uschi freute sich schon sehr auf das kommende Wochenende in Wien. Turteltäubchen hatte doch glatt eine Suite in einem ziemlich teuren Hotel im ersten Bezirk gebucht, dazu irgendwie ausgesprochen gute Karten für die Zauberflöte am Samstagabend, und vermutlich würde er wohl auch in einem nicht gerade peinlichen Restaurant davor oder danach einen Tisch reserviert haben.

Kein Vergleich zu seinem Vorgänger, fand sie. Der war im Bett – was hieß im Bett, meistens im Lieferwagen – auch nicht besser gewesen und konnte ihr davon abgesehen rein gar nichts bieten. Uschi war nicht so sehr der sentimentale Gefühlsmensch. Sie tauschte ihre Liebhaber grundsätzlich spätestens nach ein bis zwei Jahren aus. Sie war eine Suchende. Eine von der Sorte, die nie etwas finden würde, aber das war ihr nicht bewusst.

Im Moment war jedenfalls Turteltäubchen ihr alleiniger Held.

Der fuhr, als ihr diese Gedanken durch den Kopf gingen, am späten Vormittag am Freitag gerade mit ihr in seinem neuen SLK auf der Autobahn in Richtung Wien und war mit seinen Gedanken ganz woanders. Er konnte den Blick nicht von ihren Beinen nehmen, die der kurze Lederrock in der Tat perfekt zur Geltung und ihn in Stimmung brachte. Der Rock war gerade das nötige kleine Stück hochgerutscht, um ihn den Spitzensaum ihrer halterlosen Strümpfe erahnen zu lassen.

Uschi lächelte in sich hinein. Ihr war das natürlich nicht entgangen. Wie einfach die Männer doch gestrickt waren. Ganz beiläufig legte sie ihm die linke Hand auf seinen Oberschenkel und ließ die Finger spielen. Zwei Stunden können lang sein. Und in einer engen Hose schmerzhaft. Die arme Sau neben ihr würde diese Reise nach Wien nicht so schnell vergessen.

Wie recht sie damit hatte, sollte sich noch zeigen.

∗

Am Freitag vor der Opernaufführung, an dem unser Turteltäubchen seinen Härtetest mit Uschi im Auto absolvierte, passierte dreierlei.

Einerseits beschloss Florian, sich die Zauberflöte anzu-sehen. Studenten hatten in der Oper für sehr wenig Geld die Möglichkeit, eine Stehplatzkarte zu kaufen. Und Florian wusste aus Erfahrung, dass stets einige Sitzplätze frei blieben. Der Platzanweiser pflegte sich nach der Ouvertüre, weil freie Sitzplätze in der Wiener Oper nicht so gern gesehen waren, die am besten gekleideten Studenten zu schnappen, und ihnen die freien Sitzplätze anzuweisen. Florian war fast jedes Mal einer davon. So kam es oft vor, dass er eine Stehplatzkarte für Studenten um zwei Euro kaufte und die Aufführung dann auf einem Platz um hundert Euro oder mehr genoss.

Das zweite was geschah, war, dass Sunny überlegte, am Samstag eine Runde durch das Bermudadreieck zu drehen. Das Bermudadreieck ist in Wien ein Bereich mit Lokalen, der sich im Umfeld von Schwedenplatz, Rothenturmstraße und Seilerstätte erstreckt. Am Samstag war dort stets die Hölle los, mehr noch als in Dumpfling zu seinen besten Traktor-Attacke-Zeiten, und er gedachte, darin ein kleines Teufelchen zu sein. Also zog Sunny vom Stehachterl zum Krah Krah, dann weiter zum Roten Engel und am Ende ging es noch in den Rosa Elefanten. Aber irgendwie war es an diesem Abend nicht sein Tag, und schon gegen halb Elf fuhr er mit dem Taxi zurück ins Hotel.

Zu guter Letzt beschlossen am Nachmittag Uschi und Turteltäubchen, wobei letzterer fest glaubte, es wäre seine Idee gewesen, dass die Dame seines Herzens für die Oper noch ein neues Kleid vertragen könnte. Nicht dass sie keines mitgenommen hätte, aber es war eben die Wiener Oper und es war Mozart. Nein, mein Kater, das Blaue geht sicher, da brauchen wir keines kaufen, so oft habe ich das noch nicht getragen, und meinem Mann gefiel es immer. Was? Nein, wirklich, das geht schon? Meinst du wirklich? Naja, du kennst dich damit besser aus. Wo glaubst du bekommt man auf die Schnelle ein Abendkleid?

Kärntnerstraße wird sicher zu teuer, das will ich dir nicht zumuten.

Sie kauften dann ein ziemlich teures, bodenlanges, schwarzes und schulterfreies Kleid in der Kärntner Straße. Und weil schulterfrei in der Oper nicht en vogue ist, auch gleich noch eine Seidenstola dazu.

Und weil blaue Schuhe zu einem schwarzen Kleid bescheuert aussehen, mussten auch noch samtschwarze High Heels her. Einigermaßen hohe, darauf bestand er. Sozusagen bettgeeignete Extremsportgeräte.

Und Turteltäubchen glaubte danach auch noch, es wäre alles seine Idee gewesen.

Männer sind so herrlich einfach zu manipulieren, wenn eine Frau ihre Reize gezielt einzusetzen weiß!

*

Der Gürtel in Wien ist eine Sündenmeile, wobei er sich über einen viel größeren Bereich als nur eine Meile erstreckt. Im Unterschied zu Hamburg, wo die Reeperbahn zumindest am Anfang, also ab dem Millerntor, eher eine Theaterstraße ist als ein Rotlichtbezirk, ist der Wiener Gürtel vom Westbahnhof bis weit nach Währing nichts anderes als eine Aneinanderreihung von einschlägigen Lokalen.

Nachts sieht man das erst so richtig, wenn die Damen ihre Dienste mit auf weite Entfernung klar erkennbarer Kleidung auf der Straße vor den Lokalen anbieten. Enge, glänzende Leggins, weiße oder schwarze Lack-Overknees und knappe Tops sind die bevorzugte Uniform, und der Sold für die Soldatinnen der Liebe wird vorher bezahlt.

Früher einmal taten sie das im Wiener Dialekt. Na Schnucki, willst was erleben, was du bei deiner Alten nicht kriegst? Aber diese Zeiten sind lange vorbei. Heute ist die Sprache meistens ähnlich gebrochen wie so manches am Bürgersteig des Gürtels. Du zahlen dreißig für Blasen und fünfzig für Ficken! Nein, ohne Gummi nix machen, musst du Prater gehen!

Vorbei ist auch die Ära, wo original Wiener Strizzis am Gürtel das Sagen hatten. Jetzt geben Familien aus Russland, der Türkei, Bulgarien, Albanien und sogar China dort den Ton an. Und wer glaubt, dass sich eine Dienstleisterin auch ohne „Schutz" dort einfach hinstellen und auf eigene Kasse arbeiten kann, wird sehr schnell eines Besseren belehrt. Jeder Standplatz muss teuer gekauft werden. Oder eher gemietet.

Die Polizei sieht weg. Wie überall in solchen Bezirken überall auf der Welt. Und auch hier wird der Sold vorher bezahlt.

Tatjana war Mitte Vierzig und wusste das alles. Früher einmal war sie an den besseren Plätzen weiter oben am Gürtel gestanden, aber dort standen jetzt die jüngeren Mädchen, obwohl Tatjana noch durchaus ansehnlich war und sich über zu wenig Freier nicht beklagen konnte. Allerdings konnte sie jetzt nicht mehr die Preise verlangen, die ihr früher gezahlt wurden, das war an diesem Standplatz einfach nicht drin.

Aber sie hatte auch einige Stammkunden, die sie sogar per Telefon für einige Stunden zu sich nach Hause kommen ließen, anstatt im Auto oder in einem Laufhaus ihre Dienste für eine halbe Stunde in Anspruch zu nehmen. Und die zahlten nachwievor gut. Dazu gehörten auch Politiker und hohe Beamte, die dafür ihre Dienstwohnungen oder Hotels nutzten. Ein paar Vorteile hatte eine politische Tätigkeit schon auch!

Was Tatjana nicht ahnte war, dass sie mit ihren dunklen Haaren und ihrer Figur einer gewissen Uschi Wagner nicht unähnlich sah, genaugenommen sogar sehr ähnlich. Und natürlich wusste auch Uschi davon nichts. Es reicht aber, wenn wir das wissen.

Von diesen Hausbesuchen, die sie über ein geheimes Handy inszenierte, dessen Nummer man im Internet unter „Callgirl Suzanne" finden konnte, sagte sie Dimitrij nichts. Die machte sie auf eigene Rechnung. Sie hatte so schon einiges gespart, und irgendwann würde sie Wien den Rücken kehren und sich auf einer griechischen Insel zur Ruhe setzen. Frei. Ohne Freier.

*

Uschi hatte sich für nach der Oper etwas ausgedacht. Und nun arbeitete sie daran, ihrem Helden ihre Idee schmackhaft zu machen. Wenn sie es gut machte, würde er sogar glauben, es wäre seine eigene Idee gewesen.

Sie waren im ersten Bezirk essen. Uschi aß Zander, Turteltäubchen ein Pfeffersteak. Es war ganz ausgezeichnet, auch der Weißwein passte hervorragend zum Fisch, fand sie.

„Mein Held", säuselte sie, „du magst es gern scharf, hmm?"

Das wäre in der Tat nicht ganz falsch, weder beim Essen noch sonst, hatte er ihr gestanden, um sich dann wieder seinem Filet medium rare zuzuwenden. Uschi beschloss, etwas direkter zu werden.

„Hattest du schon mal einen Dreier mit zwei Frauen?"

Jetzt hätte er sich beinahe verschluckt. Er nippte am ebenfalls ganz ausgezeichneten Burgunder und fragte sie, wie sie jetzt auf einmal *darauf* käme.

„Man beantwortet eine Frage nicht mit einer Gegenfrage, mein Held!", zwinkerte sie ihn an und ließ ihn in seinem Saft schmoren, ohne ihre eigentliche Frage noch einmal zu wiederholen. Sie wartete einfach und sah ihn herausfordernd an, spießte ein Stück Fisch auf und schob es langsam in den Mund. Du hast keine Chance als Mann, wenn dich eine Frau auf diese perfide Weise auflaufen lässt. Irgendwann, wenn sie noch kleine Mädchen sind, nimmt man sie anscheinend auf die Seite und erklärt ihnen, wie man Männer manipuliert. Und die meisten lernen sehr schnell.

Also gestand Turteltäubchen ihr schließlich, dass das durchaus reizvoll wäre, auch wenn er diesbezüglich noch überhaupt keine Erfahrungen gemacht hätte. Welchen Typ Frau er sich dafür vorstellen könnte, wollte sie wissen. Natürlich eine genau wie Dich, Schatz! Ganz blöd war er auch nicht!

Sie hatten dann noch ein ausgezeichnetes Dessert, und so sehr er auch weiter bohrte, mehr war ihr nicht zu entlocken. Auch die Kunst, ein Thema zu vermeiden oder einfach nicht darauf einzugehen, gehört zur Mädchengrundausbildung.

Der Kellner – oder sagt man in so einem feinen Restaurant in Österreich nicht eher „der Herr Ober" – freute sich über ein sehr beachtliches Trinkgeld, als Turteltäubchen schließlich die Rechnung beglich. Geile Männer geben immer gute Trinkgelder.

✳

Dimitrij hatte ein schönes Zimmer in einem sehr guten Hotel reserviert. Für die Nacht nach der Oper. Und nicht für sich. Er kannte die Vorlieben des Stadtrats und als Begrüßungszuckerl am Kopfpolster des Zimmers würde dieser eine einsachtundsiebzig große, schlanke, junge und rothaarige Überraschung vorfinden.

Er kannte dieses Hotel. Guter Service und äußerst diskret, das war wichtig. Und die Betten hatten noch so richtige, gusseiserne Kopfenden, an denen man sich nicht nur festhalten konnte.

Zudem stand mitten in der Suite ein Whirlpool. Das Hotel hatte in jedem Stockwerk zwei solcher Suiten. Was Dimitrij nicht wusste – und wenn, wäre es ihm egal gewesen – war, dass die Suite, die er reservieren würde, neben der unseres Turteltäubchens und seiner Uschi lag. Die beiden hatten ebenfalls einen solchen Whirlpool im Schlafzimmer. Und das war jetzt nur bedingt ein Zufall, weil selbst ein Tophotel nicht unbegrenzt viele Suiten mit Whirlpools anbietet.

Da er sowieso in der Innenstadt zu tun hatte, machte Dimitrij die Reservierung am späten Abend persönlich und direkt im Hotel und verließ es dann behenden Schrittes just in dem Augenblick, in dem Sunny es nach seinem kleinen Spaziergang im Bermudadreieck wieder betrat.

Beide nahmen voneinander keine Notiz, als sie sich an der Drehtür begegneten. Warum auch? Sie kannten sich schließlich nicht.

Noch nicht.

4

Flockis Onkel, der Bestattungsunternehmer, war der ausersehene Mann, der mit dem Sondertransport des Christbaums nach Wien beauftragt worden war. Da für Berufskraftfahrer die 0,0 Promillegrenze galt, legte er sich an diesem Abend früh schlafen.

Mit ihm im LKW sollte sein Nachbar fahren. Die beiden waren lange Zeit die innigsten Saufkumpanen gewesen, bis ein kleiner Zwischenfall ihr Verhältnis nachhaltig getrübt hatte.

Letzten Sommer hatte sein Nachbar ein Grillfest gegeben, ohne Flockis Onkel einzuladen. Es hatte einfach irgendwie nicht gepasst, zum Grillen hatte er seinen Chef und einige seiner Kollegen eingeladen, und da passte er irgendwie nicht so gut dazu. Es kann nämlich ganz schön peinlich sein, wenn bei so einem Fest einer der Gäste aufsteht und das

Horst-Wessel-Lied zum besten gibt: „Die Fahne hoch / die Reihen fest geschlossen!". Diese Peinlichkeit wollte er sich ersparen!

Flockis Onkel war darüber ziemlich sauer gewesen. Zudem hatte seine Frau an diesem Tag die Vorhänge gewaschen, und er hatte ihr beim Abnehmen helfen müssen, was seine Laune nicht verbessert hatte. Die Gardinen hingen jetzt draußen zum Trocknen. Und just in diesem Moment heizte sein Nachbar den Griller an. Mit Fichtenholz. Was zur Folge hatte, dass die Vorhänge noch einmal gewaschen werden mussten.

Flockis Onkel sann also auf Rache. Und als sich sein Nachbar ein Bier holte, ging er hinüber (einen Zaun hatten die beiden Freunde nie benötigt) und pinkelte das Feuer aus. Und weil er genug getrunken hatte, wie immer, würzte er auch gleich noch das Fleisch nach.

Das alles hatte sein Nachbar nicht bemerkt und sich nur gewundert, dass das Feuer aus war, aber alle hatten nach dem etwas verspäteten Essen gemeint, es hätte eine ganz eigene Note gehabt, ob er es mit Most mariniert hätte?

Flockis Onkel hatte grinsend am Gartenzaun gestanden und genüsslich zugehört, und als alle Gäste gegangen waren, hatte er seinem Freund erklärt, was er getan hatte. Rache muss man kalt genießen!

Aber mittlerweile war das blaue Auge abgeheilt und sie waren wieder Freunde und freuten sich auf ihre Fahrt nach Wien.

Mittlerweile hatten sie aber einen Gartenzaun.

*

Uschis Mann hieß Johann und war ein mittelhohes Tier bei einem Elektronikunternehmen, genaugenommen Spezialist für Haussysteme, also diese neumodernen, voll gesteuerten Häuser. Und er ging in seinem Beruf auf, weshalb er sehr lange keinerlei Verdacht geschöpft hatte, was seine Frau betraf.

Die interpretierte das fälschlicherweise als eine Art Nichtwissenwollen, aber da irrte sie sich. Zwar war auch Johann kein Mönch und hatte auf seinen Dienstreisen durchaus die eine oder andere Erfahrung gemacht, aber in seiner Wahrnehmung bedeutete das nicht, dass er seiner Frau, die er liebte oder zu lieben glaubte, untreu gewesen wäre. Das waren einfach Urinstinkte. In der Steinzeit mussten Männer, um die Art zu erhalten, danach trachten, ihre Gene an möglichst viele paarungswillige Weibchen weiterzugeben, während Frauen für ihren Nachwuchs die größtmöglichen Chancen bekamen, wenn sie sich an ein starkes, beschützendes Männchen binden konnten. Daher sind Männer, so dachte Johann Wagner, grundsätzlich eher polygam und daran gänzlich schuldlos, während Frauen – bitteschön! – monogam zu leben hätten.

Als er am späten Freitagabend von seiner Geschäftsreise nach Paderborn, wo viel zu früh schon Schnee gefallen und deshalb die Besprechung auf der Baustelle ausgefallen war, zurückkehrte, fand er sein Haus verlassen vor.

Aus einer Laune heraus hatte er vor einigen Wochen, genaugenommen in der Zeit, in der der Exvizebürgermeister Vukovic im Vollrausch mit dem Traktor den Kastanienbaum samt Buffet ermordet und die Außerirdischen verschreckt hatte, seiner Frau auf ihrem Handy eine App installiert, mit der er das Mobiltelefon jederzeit von einer zugehörigen App auf seinem eigenen Smartphone oder von einem Computer aus orten konnte. Eine wirklich feine Sache. Selbstverständlich ahnte sie nichts davon.

Nicht nur Frauen können raffiniert sein!

Als er seine Frau zuhause nicht vorfand, klickte er die App an. Zum ersten Mal seit Wochen, er hatte das Programm beinahe schon vergessen gehabt.

*

Als Sunny sich ein wenig enttäuscht vom Rundgang im Bermudadreieck den Schlüssel an der Rezeption geben ließ, betraten Turteltäubchen und Uschi nach ihrem Abend-essen gerade die Hotellobby.

Die Überraschung war einigermaßen groß. Turteltäubchen fasste sich als erster:

„Hey Sunny, hat man dich auf uns angesetzt, alter Cheatinghunter?" Er grinste breit.

Sunny lachte und erklärte ihnen, dass sie da keine Angst haben müssten. Er würde schließlich nicht *jeden* Auftrag annehmen. Nein, er wäre einfach über das Wochenende zur Erholung nach Wien gefahren. So ein Zufall aber auch! Und jetzt käme er aus dem Bermudadreieck, aber irgendwie hätte er heute einfach keine Lust gehabt, dort zu versumpfen. Vielleicht morgen.

Natürlich setzten sich die drei an die Hotelbar, um bei einem Absacker noch ein wenig zu plauschen. Wie es Sunny ginge? Danke gut, aber einfach irre viel Arbeit. Und selbst? Naja, solange nicht zu viele sterben, wenig Arbeit, hahaha. Entweder man säge an einem Schädelknochen rum oder eben im Bett, hahaha. Gerichtsmedizinerhumor.

Sunny war natürlich über die Situation zwischen Turtel-täubchen und Uschi sofort im Bilde gewesen, aber er war viel zu viel Gentleman, um das Thema anzuschneiden. Wozu auch? Er mochte Armin Turtler gut leiden.

Man unterhielt sich noch eine halbe Stunde über dies und das und selbstverständlich auch über die zurückliegenden Ereignisse in Dumpfling und begab sich dann, nachdem sich Turteltäubchen nicht hatte nehmen lassen, die Rechnung auf sein Zimmer schreiben zu lassen, zum Aufzug. Dabei stellten die drei fest, dass Sunnys Zimmer direkt gegenüber ihrem Zimmer lag. Allerdings war es ein kleineres Zimmer, ohne Whirlpool.

Diese Geschichte ist so voll von Zufällen, dass sie schon wieder glaubhaft ist, oder?

Tatsächlich war aber auch das wieder kein Zufall. Die Reservierungen waren knapp hintereinander erfolgt, und das System war so programmiert, die Zimmer in aufsteigenden Reihenfolgen zu vergeben, also von unten nach oben.

Sunny wünschte den beiden noch einen schönen Abend und ging in sein Zimmer, schaltete das TV Gerät ein, duschte sich und schlief dann bei irgendeinem Actionfilm mit Arnold Schwarzenegger ein. Er hatte in seinem ganzen Leben noch keinen Film von Arnie zu Ende gesehen. „Ich leg mich nieder!" statt „Ich komme wieder!"

*

Flocki saß mit Adrian und einem seiner Kommilitonen bei einem Drink auf einem der vielen Studentenfeste. Er wollte heute nicht zu lange bleiben, sonst würde er morgen bei der Zauberflöte vermutlich einschlafen.

Bei solchen Studentenfesten ist es auch nicht anders als am Dumpflinger Stammtisch beim Kirchenwirt. Jeder erzählt seine Story, wobei die eine spannender und die andere weniger spannend ist, was man sich aber dann alles spannend saufen kann, kein Problem. Das soll jetzt kein Tipp für die Lektüre dieses Buchs sein, es wird im Gegenteil empfohlen, es nüchtern zu lesen! Es ist ja auch nüchtern geschrieben worden. Zumindest meistens.

Sein Studienkollege erzählte gerade eine sehr interessante Geschichte über die Russenmafia, bei der die Gläser am Tisch blieben. Er hatte einen Bruder, der mit der Russen-mafia schlimme Erfahrungen gemacht hatte, meinte er. Mit einem gewissen Dimitrij Kusnetsov.

Sein Bruder hatte ein Cafe am Gürtel betrieben, gemeinsam mit einem Freund. Dimitrijs Organisation machte ihnen ein Kaufangebot, das aber dem Wert des Lokals bei weitem nicht entsprach, weshalb die beiden natürlich nicht verkauften.

Eine Woche später war der Freund seines Bruders tot aufgefunden worden. Stichwunde im Brustkorb. Laut Gerichtsmedizin von einem Dolch, wie ihn die Russen gerne verwenden.

Die Polizei ermittelte durchaus in die richtige Richtung, aber irgendwann schien bei den mit der Sache betrauten Beamten die Motivation plötzlich nachzulassen, und schlussendlich wurde der Fall zu den Akten gelegt und die beiden Beamten verbrachten einen Karibikurlaub, der, hätte man nachgeforscht, klar ihre finanziellen Möglichkeiten überstiegen hatte. Das hatte sein Kommilitone später alles herausgefunden. Und er zeigte ihnen als Beweis auch ein Bild von Dimitrij, den alle nur „Messer" nannten.

Sein Bruder und die Erben des Ermordeten verkauften nach dieser überzeugenden Argumentation das Lokal doch an Dimitrij, der daraus ein Laufhaus mit Anbahnungscafé machte.

Dimitrij war keiner, mit dem man sich anlegte, wenn man noch einen Rest Verstand im Kopf hatte. Seine Mädchen wussten das, auch Tatjana.

Und Florian und Adrian hätten es sich besser auch gemerkt.

*

Johann Wagner war überrascht, wie präzise das Ortungssystem funktionierte. Vor allem in der Stadt, wo die Funkzellendichte höher war als am Land. Er konnte die Straße, ja mit ziemlicher Sicherheit sogar die genaue Adresse feststellen, an dem sich Uschis Handy – und wohl auch Uschi – zur Zeit befand. Es war ein Hotel im ersten Wiener Gemeindebezirk. Ein ziemlich teures Hotel, wie er im Internet schnell feststellte.

Er überlegte, was er tun sollte. Er war durch seinen Beruf sehr rational und analytisch gepolt. Sollte er sie anrufen und zur Rede stellen? Einfach nach Wien fahren und nachsehen? Gar nichts tun? Oder doch einen Privatdetektiv engagieren?

So etwas will gut überlegt sein. Was, wenn er entdeckte, dass sie ihn betrog? Wollte er wirklich die Scheidung, zu der er dann wohl gezwungen wäre, wenn er sich nicht völlig lächerlich machen oder zumindest in Zukunft ihren diesbezüglichen Launen gänzlich ausgeliefert sein wollte?

Oder sollte er einfach tun, als wäre nichts gewesen? Was, wenn sie nach Hause kam und ihn hier vorfand? Nein, auch keine Alternative.

Nach einer halben Stunde hatte sich die aus seiner Sicht beste Möglichkeit herauskristallisiert. Er griff nach seinem Telefon und rief sie an.

*

Uschi war gerade in etwas Bequemeres geschlüpft, als das Handy summte. Bequem ist in diesem Zusammenhang eher als ein satinglänzender und mit Spitze durchbrochener

Hauch von einem Nichts zu verstehen, aber das tut hier nicht viel zur Sache. Wenn Turteltäubchen aus der Dusche kommen würde, dann wäre auch dieses Nichts sehr schnell abgestreift, zumindest wenn es nach ihm ging. Aber so ganz würde es nicht nach ihm gehen, das tat es nie, und heute schon gar nicht. Und Uschi wusste sehr genau, dass genau das ihn so reizte. Sie würde dafür sorgen, dass dieser Reiz noch lange anhielt.

Sie sah auf das Display. Ihr Mann. Und Turteltäubchen in der Dusche. Was wenn der gerade dann ins Zimmer kam, womöglich etwas sagte, wenn sie mit ihrem Mann sprach? Sie beschloss, nicht abzuheben und ihn dann zurückzurufen, wenn sie ihren Helden dahingehend instruiert hatte, sich die zwei Minuten schweigsam zu verhalten.

*

Seine Frau hatte nicht abgehoben. Gut, das musste jetzt noch nichts bedeuten. Vermutlich würde sie ihn zurückrufen, es war ja noch nicht so spät, erst kurz vor zehn Uhr abends.

Zwei Minuten später klingelte sein Handy. Es klingelte wirklich, er war nicht so der Freund dieser neuen Klingeltöne, er mochte es ganz gerne etwas „retro".

Johann hob ab.

49

„Hallo Liebling!", begrüßte ihn Uschi. „Wie geht es dir in Deutschland?"

Er entgegnete so süß er konnte, dass es bislang anstrengend gewesen sei, komplizierte Verhandlungen am Bau und ein Sauwetter noch dazu und fragte dann, was sie gerade mache.

„Ach, ich liege auf der Couch und lese ein wenig. Nichts besonderes. Aber das Wetter ist bei uns wohl besser als bei euch!"

„Und was hast du am Wochenende vor?", fragte er.

Sie würde wohl morgen Samstag ein wenig Haushalt machen, vielleicht ein bisschen shoppen und sonst zuhause bleiben und nein, direkt vor hätte sie nichts. Wann er heimkommen würde?

Johann stand nun vor der Wahl und war froh, dass er sich die ganze Sache vorher so gut überlegt hatte.

„Ja kaum vor Montag am Nachmittag, denke ich. Vielleicht auch erst Dienstag. Mal sehen."

Im Hintergrund der sichtlich entspannten Uschi räkelte sich Turteltäubchen grinsend am Bett. Aber das konnte Johann natürlich nicht sehen. Er war in diesem Moment froh, dass er nicht den Ruf hatte, gerne lange Telefonate zu führen. Er wusste nicht, ob er sich noch viel länger hätte verstellen können. So tauschten sie noch ein paar Belanglosigkeiten aus, wobei er darauf achtete, Dinge anzusprechen, über die sie nur etwas sagen konnte, wenn sie zuhause in Kulmbach war. Er trieb sie in eine aussichtslose Lage, ohne dass sie etwas davon ahnte.

Und er zeichnete das Gespräch auf. Mit dem Gedächtnis der Frauen ist es nämlich so eine Sache. Die erinnern sich zwar ganz genau und wortwörtlich, was du vor siebzehn Jahren an einem regnerischen dreizehnten April zu Mittag um zwölf gesagt hast, weil das Mittagessen angebrannt war, aber sie wissen schon morgen nicht mehr, was sie dir noch gestern vorgelogen haben. Und wenn du darüber diskutierst, kannst du sicher sein, dass sie es innerhalb weniger Minuten so drehen, dass du am Ende als Dummer oder als Lügner oder im Normalfall sogar als beides dastehst.

Außer, du hast hieb- und stichfeste Beweise.

Und dann buchte Johann ein Zimmer in einem kleinen Hotel in der Nähe der Straße, die seine Spionage-App gerade mit einem grünen Punkt markierte und packte seinen Trolly. Das Wochenende in Wien versprach interessant zu werden.

Uschi streifte indes ihren Hauch von Nichts ab und stand vor ihrem Helden, wie Gott sie geschaffen hatte, was in

ihrem Fall sogar stimmte, weil noch keine
Schönheitsoperation ihren Körper verunstaltet hatte.

5

Turteltäubchen hing mit Handschellen am Kopfende des
Bettes wie Jesus am Kreuz, nur hatte er noch weniger an.
Uschi hatte ihn total überrascht. Sie hatte ihn gebeten, sich
am Kopfende festzuhalten und die Augen zu schließen und
ehe er wusste, was passiert war, klickten die Handschellen.
Dieses Luder hatte sie doch tatsächlich mitgenommen.

Er wusste, dass er sich nicht würde befreien können. Es
waren keine Spielzeughandschellen sondern richtige, so
wie die Polizei sie benutzt. Er hatte keine Ahnung, wo sie
die her hatte und wollte es irgendwie auch gar nicht so
genau wissen. Er würde die Hände erst frei bekommen,
wenn sie das wollte. Und aus Erfahrung wusste er, dass das
manchmal erst am nächsten Morgen der Fall war. Je
nachdem, wie sie aufgelegt war.

Turteltäubchen war nicht das, was man als devot bezeichnen würde. Aber solche Spiele hatten für ihn durchaus
einen gewissen Reiz, der schwer zu beschreiben war. Und
im Moment freute er sich schon darauf, dass sie sich nun
wohl gleich ... doch Uschi hatte etwas anderes vor. Sie
holte einen dieser Sexknebel aus der Tasche, so einen
Gummiball mit Riemen, und bevor er protestieren konnte
oder gerade weil er um zu protestieren den Mund öffnen

musste, war das Ding festgezurrt. Er konnte durch das Loch im Ball zwar atmen aber laut rufen, das konnte er vergessen.

Dann zog sie sich seelenruhig und sehr sexy an, gab ihm einen Kuss auf die Wange und meinte, sie würde jetzt auf einen Drink in die Stadt gehen und mal sehen, ob sie in ihrem Alter noch dem einen oder anderen Mann ein paar Schweißtropfen auf die Stirn zaubern könnte.

„Warte nicht auf mich, mein Held!"

Mit einem lauten, gemeinen Lachen war sie draußen.

Sie hatte das Licht angelassen und ihn nicht einmal zugedeckt, aber das „Bitte nicht stören" Schild an die Tür gehängt, jedenfalls hing es nicht mehr innen an der Tür, wie er mit erschreckt aufgerissenen Augen noch gesehen hatte.

Und so lag ein knapp sechzigjähriger aber durchaus attraktiver Gerichtsmediziner nackt und erregt am Bett in einem schönen Zimmer eines Wiener Tophotels und konnte nichts tun außer sich eifersüchtig ausmalen, wie dieses Luder es womöglich bald mit einem anderen treiben würde, während er hier fror und nicht einmal auf das Klo gehen konnte. Glücklicherweise war wenigstens dieses Problem noch nicht vordringlich.

*

Tatjanas Arbeitstag neigte sich dem Ende zu. Das war der Vorteil der weniger guten Stehplätze in der Nähe des Westbahnhofs: Gegen Mitternacht war meistens nicht mehr viel los, im Gegensatz zu den Topplätzen, wo die jungen Kolleginnen arbeiteten.

Und irgendwie hatte sie auch keine Lust mehr, was gerade in diesem Beruf zwar keine große Rolle spielt, aber trotzdem heute der ausschlaggebende Grund war, dass sie langsam zurück zu ihrer Wohnung ging. Der Verdienst heute war gar nicht so schlecht gewesen, aber die Freier – sie mochte nicht daran denken. Konnten sich diese Ferkel nicht wenigstens ein bisschen pflegen? Zumindest duschen wäre schon ein Fortschritt!

Sie meldete sich in Dimitrijs Cafe ab und gab Dimitrijs Freund, der eine Schlägervisage hatte, wie sie im Buche stand, die „Maut", wie es im Jargon hieß. Das waren an diesem Abend etwa 60% ihrer Einnahmen. Es gab Abende, wo ihr weniger blieb. Dimitrij weniger zu geben, das musste man sehr gut begründen können. Ohne schwere Grippe brauchte man das gar nicht erst zu versuchen.

Zuhause duschte sie sich ausgiebig und war froh, endlich einmal früher ins Bett zu kommen, und zwar zum Schlafen!

Diesen Samstag und auch am Sonntag hatte sie dann sogar frei. Dimitrij hatte es in einem Anflug von Großzügigkeit am Montag genehmigt. Sie hatte ihm irgendetwas vorgelogen, dass sie wegen einer Entzündung da unten im Moment einfach nicht könne und zwei Tage weg von allem in die Berge fahren wolle. Normalerweise hätte sie sich das abschminken können, aber Anfang Dezember war erstens keine einträgliche Saison und zweitens hatte sie einen Moment abgewartet, als der Mistkerl gerade beim Kartenspiel einen Haufen Geld gewonnen hatte. In seiner Euphorie hatte er dann zugestimmt.

Manchmal braucht man eben ein wenig Glück oder Timing oder am besten beides. Auch wenn sie gar nicht vorhatte, in die Berge zu fahren. Sie lachte kurz auf. Tatjanas Lachen war ihr Erkennungsmerkmal. Jeder, der es einmal gehört hatte, würde sich daran erinnern. Es war hell, sympathisch und ehrlich – und viele ihrer Kunden buchten sie vielleicht auch deswegen immer noch. Und natürlich aufgrund ihrer beruflichen Erfahrung.

*

Flocki und Adrian hatten das Studentenfest kurz vor Mitternacht verlassen und waren noch mit der U-Bahn in Richtung Bermudadreieck gefahren. Die U-Bahnen fahren in Wien nicht durchgehend, und sie wollten noch unbedingt in den Roten Engel, dort spielte heute eine coole Bluesband.

Danach würde man sehen. Um etwas nach fünf Uhr morgens fuhr dann die erste U-Bahn wieder, die würde sich wohl anbieten. Keiner hatte Lust, den langen Fußweg zurück bis fast zum Neubaugürtel auf sich zu nehmen. Und Taxis waren teuer.

Aber irgendwie ging es ihnen wie Sunny – das Bermudadreieck war heute windstill. Totale Flaute! Daher gingen sie dann doch langsam Richtung Westen und kamen noch im ersten Bezirk an einer Bar vorbei. Weil es saukalt war, beschlossen sie, dort noch einen Glühwein als Wegzehrung zu trinken und gingen hinein.

Sie erwischten in dieser Nacht nicht einmal die erste U-Bahn.

*

Uschi hatte nicht vorgehabt, lange weg zu bleiben. Sie liebte solche Spiele. Ihr Held würde nicht wissen, wann sie zurückkäme, und das reichte ihr. Sie gedachte, in der Bar nebenan einen Drink zu nehmen und nach einer guten Stunde den armen Kerl zu erlösen. Im doppelten Sinne. Er sollte nicht richtig sauer werden, nur etwas gereizt, nein eher angeheizt. Ja, das war das richtige Wort!

Als sie die Bar betrat, stellte sie fest, dass diese ziemlich leer war. In einer Ecke saß ein Pärchen mittleren Alters, das heftig knutschte. Am Tisch neben der Tür las ein älterer Typ in einem Buch, vor sich ein Achterl Rotwein, das noch unberührt schien.

Und an der Theke saßen zwei ziemlich junge aber recht attraktive Burschen, von denen ihr einer irgendwie bekannt vorkam, bei jeweils einem Glühwein.

Sie beschloss, den beiden ein wenig einzuheizen, wenn ihnen schon so kalt zu sein schien, dass sie alkoholische Heißgetränke benötigten, und setzte sich in ihrem kurzen Lederrock – der gleiche, den sie im Auto angehabt hatte – auf den Barhocker. Dann drehte sie sich ein wenig zu den Buben, lächelte sie flüchtig an und schlug die Beine übereinander – ganz so wie Sharon Stone in Basic Instinct. Und sie trug auch das gleiche darunter wie Sharon Stone damals im Film, nur etwas weniger Haare.

„Na, das wollen wir doch mal sehen, wie die beiden reagieren!" Bei diesem Gedanken kam das Lächeln ganz automatisch noch einmal.

Turteltäubchen und seine Situation hatte sie für einen Augenblick vergessen. Für einen langen Augenblick, zu des Gerichtsmediziners Leidwesen.

*

Eigentlich hatte Johann Wagner noch in der Nacht nach Wien fahren wollen, aber nach der strapaziösen Reise nach Paderborn war er definitiv zu müde dazu.

Und so hatte er beschlossen, sich ins Bett zu legen und sich doch erst am nächsten Tag auf den Weg zu machen.

Doch der Schlaf wollte sich nicht einstellen. Dauernd sah er seine Frau vor sich, wie sie mit einem anderen Mann herummachte, einem gesichtslosen Mann, nein, einem Mann, der alle Gesichter auf sich vereinte, die Johann irgendwie zuwider waren oder im Laufe seines Lebens eine negative Erinnerung in ihm hinterlassen hatten – dauernd sah er sie mit diesem frankenstein'schen Sexmonster im Bett. Und der Kerl war bestückt und potent wie die Figuren aus den Pornofilmen!

Er malte sich aus, was er tun würde, wenn er die beiden in flagranti erwischen sollte. Seine sonst so analytische, nüchterne Art zu überlegen wich immer mehr wilden Fantasien und irgendwann gegen zwei Uhr morgens schlief Othello ein, während seine Desdemona in der Bar saß und die Beine übereinanderschlug.

Die Erschöpfung hatte über die Eifersucht gesiegt.

*

Obwohl Uschi nicht das war, was man landläufig als Schönheit bezeichnete, wirkte sie auf eine undefinierbare aber todsichere Art auf Männer. Und natürlich war ihr das auch bewusst. Was sie an den beiden halben Portionen reizte, war festzustellen, ob diese weiblichen Waffen auch bei so jungen Knaben noch Wirkung zeigen würden.

Den beiden Jungs, Adrian und Flocki, war das nicht klar, aber auch vollkommen egal. Da war eine Frau, die ganz offensichtlich mit ihnen flirten wollte. Ihre Erfahrungen mit dem anderen Geschlecht hatten sich bislang eher auf Mädchen in ihrem Alter beschränkt, der Reiz, es einmal mit einer reiferen Frau zu versuchen, war übermächtig.

Und so dauerte es nur ein paar Minuten und man war im Gespräch.

Aus einem Grund, den keiner weiß, kam die Rede nie auf den Heimatort. Sonst hätte Uschi vielleicht sofort die Flucht angetreten, schließlich waren die beiden ganz aus ihrer Nähe. So aber redeten und flirteten sie auf Teufel komm raus und bei etwas mehr als nur einem Drink, während Turteltäubchen im Hotel langsam die Arme einschliefen, ein Glück, das ihm selbst noch einige Zeit versagt blieb.

Dieses Luder kann was erleben!

59

Und dieses Luder erlebte in der Tat etwas, allerdings nicht das, was ihm Turteltäubchen angedacht hatte. Die drei hatten sich mittlerweile in eine ruhige Ecke des Lokals zurückgezogen. Da stand eine alte Ledercouch, die so gar nicht in dieses Lokal passte. Aber die Ecke war kaum einsehbar, und wie bereits erwähnt, war das Lokal fast leer. Für den Kellner war es nichts Besonderes, was sich in der Ecke abspielte, so etwas sah er schließlich nicht zum ersten Mal.

Für Adrian und Flocki war es allerdings ein Erlebnis, das ihnen noch länger im Gedächtnis bleiben würde. Vermutlich haben sie es auch das eine oder andere Mal erzählt, wobei solche Geschichten nie jemand glaubt, eben weil sie wahr sind. Geglaubt wird immer nur das, was erfunden ist, nicht wahr? Gut erfunden ist eben immer besser als wahr. Sollen wir also hier erzählen, was genau sich auf dieser Couch in diesen Stunden abspielte? Ja? Sicher?

Nein! Es wurde ja schon erwähnt, dass das eine anständige Geschichte ist, in der zwar ein paar Leute zu Schaden kommen dürfen, wo aber in allen Details beschriebene, zwischenmenschliche und durchaus unanständige, ja teilweise regelrecht schmutzige und feuchtwarme Interaktionen keinen Platz haben. Vielleicht erzählen wir (das wurde bereits erwähnt) einmal so eine Geschichte, hier aber wollen wir uns damit begnügen, dass Uschis Kleidung sich als äußerst praktisch erwies und die drei gegen fünf Uhr mit durchwegs befriedigten Gesichtsausdrücken die Bar verließen.

Wie gesagt – die Jungs erwischten zumindest die zweite U-Bahn und Uschi ging mit etwas schlechtem Gewissen zurück ins Hotel, wo sie ihren Helden mittlerweile doch schlafend antraf. Und mit einer Gänsehaut, das Fenster hatte sie nämlich gekippt gelassen. Ja, man kann eben auch mit eingeschlafenen Armen, einem Knebel im Mund und einer Gänsehaut einschlafen. Irgendwann zumindest. Wenn die Müdigkeit groß genug ist.

Wer aber glaubt, für Uschi wäre in dieser Nacht der sexuelle Appetit gestillt gewesen, der irrt gewaltig. Sie ging schnell unter die Dusche, schlüpfte aus der Wäsche und dann bekam der arme Gerichtsmediziner doch noch, was er sich schon am Anfang dieses Abends ersehnt hatte, ohne je zu erfahren, was seine Uschi an diesem Abend sonst so alles getrieben hatte. Oder vielleicht erfährt er es im Laufe dieser Geschichte doch noch, man soll nicht immer die Spannung zerstören.

Irgendwie war das jetzt auch ein wenig Notwehr, rechtfertigte sich Uschi vor sich selbst. Sonst wäre er am nächsten Tag womöglich wirklich sauer gewesen. Sozusagen ein Selbsterhaltungstrieb im Sinne des Wortes.

61

So lagen sie um sechs Uhr, während es draußen immer noch stockfinster war, beide erschöpft und befriedigt im Bett und Turteltäubchen bekam endlich wieder etwas Blut in die Arme, als es sich aus einem anderen Körperteil zurückzog. Er war ihr nicht mehr böse, aber ein gerissenes Miststück war sie schon, das musste er ihr lassen. Sie schliefen dann schnell ein. Das Frühstück ließen sie aus und Uschi war viel zu müde, um noch das Handy ans Ladegerät zu stecken, weshalb es kurz darauf von selbst abschaltete.

Wenn das alles der arme Tischler Nagel gewusst hätte, aber der saß in seiner Welser Wohnung und leckte immer noch seine Wunden.

Und auch ihr Mann Johann wusste es nicht.

6

Dann kam der Samstagmorgen. Dieser Tag würde es in sich haben. Aber alles der Reihe nach.

Es war ein schöner Dezembertag, sogar für Wiener Verhältnisse. Sonne, kaum Wind, kein Niederschlag – wenn man davon absieht, was dann im Hotel passieren sollte – und vor allem keine Verkehrsstaus. Zumindest nicht am Gürtel aber da und dort unterhalb desselben. Für den Abend war zwar ein kräftiges Auffrischen des Windes gemeldet, aber noch war alles ruhig.

Der erste unserer Helden, der wach wurde, war Sunny. Gegen acht Uhr morgens wälzte er sich aus dem Hotelbett, in dem er eher schlecht geschlafen hatte, und ging duschen. Man weiß ja nicht, woran das liegt, aber irgendwie gilt der Satz: Je teurer das Hotel, desto schlechter schläft man, nicht wahr? Vielleicht ist das ein Naturgesetz, wie der Energiesatz. Statt: „Die Summe aller Energien in einem geschlossenen System ist konstant." Heißt es eben: „Die Summe aller Probleme ist konstant." Wenn in einem guten Hotel also das Essen und der Service top ist, muss irgendetwas anderes schlecht sein. Und das ist meistens das Bett. Es gibt übrigens noch einen anderen Hauptsatz des Lebens, der in dieser Geschichte eine Rolle spielen wird: „Wie man es macht, macht man es falsch."

Merkt euch die beiden unverrückbaren Wahrheiten gut! Ihr werdet sie auch in eurem Leben immer wieder bestätigt finden!

Sunny ging also von Kreuzschmerzen geplagt unter die Dusche und dann frühstücken. Er wollte sich am Nachmittag ein Rapidspiel ansehen. Rapid Wien gegen SC Ried. Wenn schon eine oberösterreichische Mannschaft in Wien spielte, dann sollte man die Gelegenheit nicht verpassen. Seinen grünschwarzen Fanschal von Ried hatte er mit.

*

Flockis Onkel und sein nachbarlicher Freund tuckerten indes mit ihrem Sondertransport bereits in Richtung Wien und waren bester Laune.

Da der LKW bei einer Wiener Firma gemietet worden war, mussten sie ihn abends nicht mehr zurückfahren, sondern würden dann bequem im Bus sitzen, was auch bedeutete, dass sie bei der feierlichen Aufstellung des Baumes einen über den Durst würden trinken dürfen.

Das war ihrer Laune zusätzlich sehr zuträglich, und so verlief die Fahrt angenehm, während Helene Fischer ihr „Atemlos" aus dem Autoradio trällerte.

*

Für Dimitrij fing der Tag etwas später an, aber genauso bescheiden (man hätte jetzt auch „beschissen" schreiben können, aber „bescheiden" passt auch und ist irgendwie gediegener). Er hatte, weil er dazu neigte, bei seinen „Einsätzen", wie er die Disziplinierung aufmüpfiger Mädchen seines Stalls gerne nannte, die Kontaktlinsen zu verlieren, vor einiger Zeit auf Wegwerflinsen umgesattelt. Nur vergaß der Tölpel immer, für Nachschub zu sorgen. Und so verwendete er den aktuellen Satz heute schon den sechsten Tag, was normalerweise kein Problem darstellt, wenn, ja wenn man sie sorgfältig pflegt.

Als wenn das noch nicht genug wäre, plagte ihn auch noch die Gicht in den Händen. Das war etwas, von dem außer ihm niemand wusste. Ein Mafiapate mit Gicht – er wäre die Witzfigur der Szene. Wenn er zum Arzt gegangen wäre, hätte ihm dieser empfohlen, auf Alkohol und zu fette Speisen zu verzichten. Aber zu einem Arzt ging man in seinen Kreisen nicht. Manchmal wurde man hingetragen, wenn sich ein Messer oder eine Kugel verirrt hatte, aber man *ging* nicht. Was ihn aber furchtbar nervte, waren die dauernden Schmerzen in den Händen, vor allem wenn er trainierte, was er deshalb in letzter Zeit immer weniger tat. Dafür nahm er neben seinen Steroiden jetzt auch immer öfter, eigentlich dauernd, schmerzstillende Mittel ein. Keine gute Kombination, hätte der Arzt, zu dem man nicht ging, sicher gesagt!

Als er die Linsen endlich drinnen hatte, begann er, die Einnahmen des gestrigen Tages zu zählen, und da ging es ihm dann gleich etwas besser.

*

Johann Wagner war zu dieser Zeit schon auf dem Weg nach Wien. Er war gegen acht Uhr morgens in Kulmbach ins Auto gestiegen, einen Mittelklassekombi aus Japan, und hatte in Amstetten seine erste Panne. Der ÖAMTC konnte im glücklicherweise helfen. Sein Wagen dürfte an einem falschen Montag nach einem verlängerten Wochenende gebaut worden sein, dachte er sich immer wieder, aber es war ein Dienstwagen, da kann man nicht viel machen. Vor allem im Winter. Außer eben öfter mal auf den Pannendienst warten.

Bei Sankt Pölten stand er, nachdem er einen Sondertransport mit einem gewaltigen Baum überholt hatte, das zweite Mal, und diesmal war endgültig Schluss. Er ließ sich vom ÖAMTC in die Stadt abschleppen und nahm den Zug nach Wien. Dadurch kam er erst gegen dreizehn Uhr an, er checkte in seinem kleinen Hotel ein und versuchte das Handy seiner Frau zu orten. Nichts. Offensichtlich hatte sie es ausgeschaltet. Er hatte es am Morgen schon einmal probiert, mit dem gleichen Misserfolg.

Na, er wusste von gestern noch recht genau, wo die Ortung gewesen war und würde das Hotel auch so finden. Zuerst aber musste er sich fünf Minuten ausrasten.

Dabei schlief er ein, weil er von den Strapazen der letzten Tage und dem Stress heute noch ziemlich erschöpft war, und wachte erst gegen Abend wieder auf, kurz bevor Turteltäubchen und Uschi sich auf den Weg zur Oper machten.

Gegen Mittag trafen auch die Dumpflinger mit ihren Bussen in Wien ein. Das Baumaufstellen samt Feier war für vier Uhr am Nachmittag anberaumt, weshalb sie noch genug Zeit hatten, eine Kleinigkeit zu essen und etwas zu trinken.

Sie verteilten sich also in der Umgebung des Rathauses und überfielen die dort zahlreichen Beisln und Wirtshäuser, während im Rathauspark die Vorbereitungen für das Aufstellen des stolzen Fichtengewächses begannen.

Und auch hier bemerkte niemand den Schnitt etwa in der Mitte des Baumes.

*

Etwa um zehn Uhr wanden sich auch Turteltäubchen und Uschi aus Morpheus Fängen. Dem alternden Gerichtsmediziner tat im Oberkörper und in den Armen jeder Muskel weh, weshalb er sich den Whirlpool einließ und für zwölf Uhr eine Massage buchte. Das ließ genug Zeit, um sich noch ein Frühstück auf das Zimmer kommen zu lassen und mit Uschi danach gemeinsam die Blutzirkulation etwas anzuheizen. Im Whirlpool. Und in Uschi.

Als sie beim Frühstück saßen, sprach er sie darauf an, was sie am Vortag bezüglich eines Dreiers andeuten wollte.

Naja, sie hätte gedacht, das würde ihm gefallen, oder? Und ein wenig täte es sie natürlich auch reizen, das stimme schon.

Dass sie in der Nacht mit zwei noch nicht Zwanzigjährigen in einem Lokal diesbezüglich Erfahrungen – nicht ihre ersten solchen – gemacht hatte, verschwieg sie ihm tunlichst. Vermutlich hätte es ihn sogar geil gemacht, aber das Risiko einer unabsehbaren Reaktion war zu groß. Außerdem war das ein Dreier mit zwei Männern gewesen, ok, eigentlich Jünglingen, und sie wollte heute Nacht einen mit einer Frau und ihrem Helden. Das war also ganz etwas anderes!

Auch unter Liebenden ist so etwas wie Swingen oder ein Dreier immer ein heikles Thema. Wenn man da nicht auf-passt, bildet sich der jeweils andere schnell ein, alleine nicht mehr auszureichen, was natürlich vollkommener Unsinn ist. Wenn man im Tennis ein Doppel spielt, dann heißt das ja auch nicht, dass man an einem Einzel mit dem Standardpartner nicht interessiert ist, naja zumindest meistens. Es geht einfach um etwas Abwechslung. Golfer spielen auch nicht immer auf das gleiche Loch, oder? Nein, die Geschichte gleitet nicht ab. Das war jetzt ein schlechtes Beispiel, aber so zweideutig war es gar nicht gemeint. Nehmen wir ein anderes, es muss ja nicht immer der Sport sein. Man stelle sich einen Klempner vor, der seine Rohre jeden Tag im gleichen Haus ... lassen wir das mit den Beispielen!

Zum Glück für Uschi war Turteltäubchen nicht verliebt genug, dass ihn ihr Ansinnen hätte kränken können. Es war weniger die Liebe und mehr das Verlangen, das ihn zu ihr hinzog. Und umgekehrt können wir seine Wildkatze schon gut genug einschätzen, um zu wissen, dass sie für derartige Verletzungen auch nicht empfänglich war.

Somit stand also einem „Spice up Your life!" Intermezzo in der von Uschi vorgeschlagenen Form nichts im Wege, und man beschloss, den Laptop aufzuklappen und im Internet nach einer professionellen Dritten zu suchen.

Uschi war sehr darauf bedacht, dass diese Dame nicht wesentlich jünger und schon gar nicht viel besser aussah als sie selbst, aber anstatt ihm das zu sagen, dirigierte sie seine Suche, wie nur eine Frau es kann. Am Ende hatte er das Gefühl, Tatjana ausgesucht zu haben. In Wahrheit war Uschi es gewesen.

Sie buchten also „Callgirl Suzanne" alias Tatjana, die eigentlich nicht arbeiten wollte aber das Angebot nicht ausschlagen konnte, weil es wirklich großzügig war, für elf Uhr abends nach der Vorstellung, und damit nahm das Unheil seinen Lauf.

∗

Sunny lag im Bett und sah Nachrichten. Die Innenministerin faselte mal wieder irgendetwas von einer Festung Europa, und dass man eine solche bauen müsse, um der anstürmenden Völkerwanderungshorden Herr zu werden. Und der Kanzler stand ihr zur Seite und widersprach beim Wort „Zaun" heftig, nein, das wäre ein „Türl mit Seitenteilen", kein Zaun, hihihi!

„Herr werden", dachte Sunny, träfe es bei diesem Mannweib von Innenministerin wirklich ganz gut. Vermutlich würde sie sich vor ihrem geistigen Auge auf den Burgmauern der Festung Europa stehen sehen und hilfsbereit das Pech, welches man in ihrer Partei bei der letzten Wahl gehabt hatte und das noch gut heiß war, auf die bösen Asylwerber hinunterschütten, auf dass ihnen im Winter nicht kalt werde.

Dann ein neuer Bericht. In Oberösterreich hatte sich endlich die Regierung etabliert, wobei man den Ausdruck „Koalition" nicht hören wollte. Mit den Rechten koaliert man nicht, dachte Sunny, da kopuliert man als Polithure bestenfalls. Wie die Koalas.

Der sehr verehrte Landeshauptmann nannte es ein „Arbeitsübereinkommen", als wenn die schon einmal etwas gearbeitet hätten – zumindest in Sunnys Wahrnehmung war das so.

Nein, er war nicht verbittert. Er war Realist. Oder Pessimist. Aber Pessimisten sind ja doch nur Optimisten mit etwas Lebenserfahrung, oder?

Frauen waren in dieser oberösterreichischen Regierung nicht vertreten. Naja, der sehr verehrte Herr Landeshauptmann hatte das ja auch sehr einleuchtend begründet:

Entweder man verärgert die Frauen, oder man verärgert die Bauern. Man habe eben nur drei freie Regierungssitze und drei wichtige Bünde in der Partei, und natürlich sei die Kritik berechtigt, aber bla, bla, bla.

Sunny dachte sich zynisch, dass das schon logisch sei, dass man etwa zwei Prozent Bauern in der Bevölkerung des Bundeslandes nicht verärgern konnte, da spielten fünfzig Prozent Frauen keine Rolle. Nein, diese Partei zeigte wirklich vor, wie man einen politischen Selbstmord auf Raten mit möglichst viel Schmerzen selbst ausführte, realpolitischer Sadomasochismus gleichsam. Im Mittelalter gab es auch so etwas ähnliches, nur nicht ganz so freiwillig. Zuerst erhängte man die Delinquenten kurz, so dass sie nicht ganz tot waren, dann schlitzte man ihnen den Bauch auf und riss ihnen die Gedärme heraus und bevor sie daran starben, vierteilte man sie noch schnell. Die Bürgerpartei schien irgendwie die Reihenfolge zu vertauschen und mit dem Auseinanderreißen beginnen zu wollen, hoffentlich ging das gut und sie erlebten das Aufhängen noch!

Aber eines war wirklich geschickt gemacht: Jeder im Lande sprach über die nicht vertretenen Frauen, aber keiner regte sich mehr über die Koalition – Verzeihung, das Arbeitsübereinkommen – mit den Rechten auf oder darüber, dass diese jetzt im Lande die gesamten Agenden im Bereich Sicherheit und Polizei bekommen würden. Eine taktische Meisterleistung!

Er wechselte den Sender. Er brauchte etwas, das in mehr forderte als diese Politikberichte. Die Sendung mit der Maus vielleicht, oder die Teletubbies?

Am Ende schaltete er die Kiste ab und nahm sich sein Spektrum der Wissenschaften zur Hand. Und er freute sich schon auf das Fußballspiel am Nachmittag.

Indes saß die Abordnung der Dumpflinger Gemeinde, also die offizielle, nicht der ganze Anhang, mit einem Vertreter der Gemeinde Wien bei einem Krügerl. Die Dumpflinger hatten, wie es in Oberösterreich üblich ist, eine Halbe bestellt, und nach einigem Hin und Her dem Kellner begreiflich gemacht, dass sie ein Krügerl meinten. Diese G'scherten wissen nicht einmal, wie man einen halben Liter Bier richtig bestellt, dachten sich sowohl der Kellner als auch die Dumpflinger.

Da nach den letzten Vorkommnissen weder Bürgermeister noch Vizebürgermeister abkömmlich waren, wenn auch offiziell noch im Amt, hatte der Gemeindesekretär die Abordnung angeführt. Dessen Stuhl als Gemeinderat, der er auch war, wackelte zwar ebenfalls, nachdem er sich in geschickter zeitlicher Abstimmung mit dem Neubau eines Gemeindebaus sein Haus von der gleichen Baufirma hatte renovieren lassen, aber nachweisen hatte ihm bislang keiner etwas können.

Beim Aufstellen des Baumes am späten Nachmittag würde also er den Dank des Wiener Bürgermeisters entgegennehmen, über den derzeit sein Amtsleiter mit Argusaugen wachte, damit dieser dann nicht schon wieder zur allgemeinen Belustigung ein oder zwei Gespritzte zu viel intus haben würde. Das war eine nicht zu unterschätzende Herausforderung für den Amtsleiter, um die ihn niemand beneidete. Und der Arme würde dafür nie offiziell belobigt werden, einerseits wegen oftmaliger Erfolglosigkeit bei der Erfüllung dieser Wachtätigkeit und andererseits, weil man über so etwas einfach nicht sprach. Zumindest nicht offiziell.

Aber heute würde der Bürgermeister gar nicht dazu kommen, den Dumpflingern zu danken. Wenn er das gewusst hätte, dann wäre schon noch der eine oder andere Spritzwein seine Kehle hinuntergeflossen.

*

Der seriöse Herr Stadtrat, der Name tut hier nichts zur Sache, weil er noch lange im Amt sein könnte und ihm das schaden würde, teilte seiner Gattin mit, dass er heute Abend das Geschäftliche mit dem Angenehmen zu verbinden habe und von einem Wirtschaftstreibenden eine Einladung in die Oper annehmen müsste. Naja, so angenehm werde es nicht werden, aber sie wisse ja, die Pflicht mache vor einem Politiker auch am Wochenende keinen Bückling, jedes Amt brächte eben auch lästige Anhängsel wie samstägliche Opernbesuche mit sich.

Seine Gattin, es war seine zweite Gattin, da er sich nach seiner Nominierung als Stadtrat damals von seiner (seiner Meinung nach nicht mehr ganz gesellschaftsfähigen) ersten Frau hatte scheiden lassen, nahm es ohne große Emotion zur Kenntnis. Genaugenommen kam das ihren Plänen durchaus entgegen, nur hätte er es ihr auch früher sagen können.

Sie war Mitte dreißig und wies neben ihren langen, schwarzen Haaren und der schlanken Figur gewisse körperliche Vorzüge auf, die man mit „DD" gut umschreiben konnte, während der seriöse Herr Stadtrat ein Mann in den besten Jahren war, wie man so zu sagen pflegt, also irgendwo zwischen fünfzig und sechzig (eher zweiteres), wo Frauen alt aber Männer reif werden. Nein,

Verzeihung, Frauen werden nicht alt. Männer bleiben nur länger jung.

Daher legte sie ihm, nicht ohne ihn vorher ihres Bedauerns zu versichern, den Smoking in den Ankleideraum der Altbaupenthousewohnung in einem sehr schönen Herrenhaus im ersten Bezirk und rief nach dem Hausmädchen, dass es dafür sorge, dass seine Schuhe glänzten (was sie sowieso immer taten). Der seriöse Herr Stadtrat und seine Gattin konnten es sich leisten, nachdem seine Kinder aus erster Ehe aus dem Haus waren, was zeitlich in etwa mit der Scheidung zusammengefallen war, in einem bescheidenen Wohlstand zu leben, wozu eben auch ein Hausmädchen gehörte. Eine wenig attraktive Ukrainerin, die nicht so ganz legal im Lande war, weshalb man sie auch nicht anmelden musste bzw. konnte, was zudem ein klein wenig an Steuern zu sparen half.

Seine Frau hatte sie ausgesucht und tunlichst darauf geachtet, dass die äußeren Eigenschaften des Mädchens möglichst nicht dazu angetan waren, den Herrn Gemahl eventuell in Versuchung zu führen, seine Gattin gegen das Hausmädchen einzutauschen. Man kann da nicht vorsichtig genug sein! Denn das wäre tragisch gewesen, zumindest, solange der Ehevertrag noch existierte.

Was der seriöse Herr Stadtrat seiner Frau nicht mitteilte war, mit wem er die Oper zu besuchen gedachte. Und was

75

sie schon ganz und gar nicht zu wissen brauchte war, was er danach machen würde.

Dimitrij Kusnetsov, dieser Abschaum der Russenmafia, den man sich leider warm halten musste, wenn man sich den aktuellen Lebenswandel noch länger leisten wollte, hatte ihm nämlich angedeutet, dass man nach der Opernaufführung und dem Besuch in der Garderobe der Diva noch in das uns schon so gut bekannte Tophotel gehen könnte, natürlich nur, wenn der Herr Stadtrat nichts Besseres vorhätte. Eine Suite mit Whirlpool wäre reserviert und am Bett läge ein Begrüßungszuckerl.

Und weil der seriöse Herr Stadtrat wusste, was solche Besuche in diesem Hotel für ihn bereit hielten, beeilte er sich zu versichern, dass er natürlich und ganz gewiss nichts Besseres vorhaben würde.

Wenn er nur geahnt hätte ...

*

Etwas nach Mittag erwachten auch Flocki und Adrian aus ihrem Schlaf, der eher eine leichte Bewusstlosigkeit gewesen war, weil sie eine Uschi in Topform nicht gewohnt waren, nahmen ein Studentenfrühstück ein, also einen Kaffee und alte Kekse, und unterhielten sich über die letzte Nacht und auch darüber, was sie mit dem angebrochenen Nachmittag anfangen sollten.

Da sie nichts Besseres zu tun hatten, denn die Übungsaufgaben waren bereits erledigt und standen im eBook-Shop, den sie eingerichtet hatten, beschlossen sie, sich das Spiel der Rieder bei Rapid anzusehen. Sie machten sich da gerne den Spaß und kleideten sich grün, um Karten für den Sektor der Ultras zu bekommen, wo sie sich innerlich gewaltig über die teilweise schon recht simpel gestrickten Hardcore-Rapidler amüsierten. Aber nur innerlich. Alles andere wäre der Gesundheit nicht sonderlich zuträglich gewesen, wie sie beim ersten Spiel bemerkt hatten, welches sie mit einigen Blessuren und komplett durchnässt vom über sie geschütteten Bier verlassen mussten.

Und dann ließen sie, weil es eine so nette Erinnerung war, noch einmal in Gedanken aufleben, was Uschi letzte Nacht mit ihnen aufgeführt hatte. Noch hatte keiner von ihnen geduscht, und so war zumindest ihr Geruch noch mit dabei und half ihnen bei diesem Austausch.

Sie waren sich einig, dass dieses Weibsstück schon ein Satansbraten war. Und dann rückte Flocki mit der Information heraus, dass er in ihrer Tasche den Zimmerschlüssel – ja, in Wien gibt es noch Hotels ohne Keycards und mit richtigen Schlüsseln – gesehen hatte und wüsste, wo sie wohne.

Das war der Augenblick als sie beschlossen, ihr am Abend vielleicht einen kleinen Besuch abzustatten. Wenn die schon in einer Kneipe so ran ging, was musste da erst in einem Hotelzimmer möglich sein? Halleluja, nur nicht daran denken, sonst glaubte der Ordner beim Eingang gar noch, man wolle einen Dolch in der Hose ins Stadion schmuggeln.

Dass sie dort im Hotel nicht allein wohnte, hatten sie dabei keine Sekunde in Erwägung gezogen, was dem Lauf der Dinge noch eine interessante Wendung geben sollte.

Wenn der Schwanz steht, steht eben oft auch das Hirn. Angeblich ist das der Verteilung des Blutes geschuldet, das ein männlicher Organismus bei Bedarf an der Körpermitte zuallererst aus den in diesen Momenten weniger benötigten Körperregionen abzog, also aus dem Hirn, das richtige Männer nur dazu haben, damit es beim Schnarchen nicht nachhallt.

7

Tatjana freute sich über diesen gut bezahlten Job am Abend. Aus Erfahrung wusste sie, dass ein Dreier meistens mit weniger Arbeit verbunden war und zudem für sie immer eine willkommene Abwechslung.

Das noble Hotel, das sie von früheren Aufträgen kannte, zeigte ihr außerdem, dass das wohl kein stinkender Gürtelfreier sein würde sondern vermutlich eher ein Touristenehepaar, dem nach ein wenig Abwechslung war.

Nur Dimitrij durfte davon nichts erfahren. Das würde aber kein Problem sein, weil kein einziger Portier in ganz gleich welchem Hotel diesen aufgeblasenen Arsch ausstehen und sie an ihn verraten würde. Sie würde sich also in einem unauffälligen Trenchcoat auf das Zimmer der Kunden begeben und dort ablegen. Dass sie darunter nicht sonderlich viel trug, dürfte die Stimmung schnell anheizen und drei Stunden später gedachte sie wieder zuhause im Bett zu liegen. Sie wusste, wie man einen Mann schnell zufriedenstellte. Und je schneller das ging, desto eher war der Job getan.

Sie hatte sich, wie schon erwähnt, über die Jahre von solchen Aufträgen, von denen Dimitrij nichts wusste und deshalb auch nicht mitkassierte, einiges zur Seite gelegt. Bald wäre es genug, um auszusteigen und sich irgendwo auf eine griechische Insel abzusetzen. Schön heimlich und ohne dass Dimitrij etwas davon erfahren würde. Nachspüren würde er ihr kaum, so etwas machten die nur in Kinofilmen. Sie war nur eine seiner „Angestellten" und dafür nicht wichtig genug.

Wenn er sie erwischen würde, wäre das allerdings etwas ganz anderes. Sie wusste, was sie in diesem Fall zu erwarten hatte, weil sie schon einige Mädchen mit zerschnittenem Gesicht und gebrochenen Fingern gesehen hatte. Dimitrij hatte ein Faible für mittelalterliche Folterinstrumente und von irgendwoher Daumenschrauben

79

erworben, die er für solche Zwecke lustvoll einsetzte, bis sich die Nägel ablösten und die Fingerknochen brachen. Sie kannte das Geräusch. Er hatte einmal befohlen, dass alle Mädchen in seinem Stall einer solchen Disziplinierungs-maßnahme zusehen mussten. Angst, dass diese Zeuginnen ihn einmal verraten könnten, kannte er keine.

Und das war der Grund, warum Dimitrij von solchen Jobs nichts erfahren durfte. Er könnte sich trotz seiner nicht gerade überragenden Intelligenz sehr schnell zusammen-reimen, wofür sie das Geld sparte und dann gnade ihr Gott! Nein, er würde es erst merken, wenn sie weg war.

Dieser Heuler würde schön schauen!

Sie auch.

*

Sunny stand vor der Kasse im Stadion und kaufte eine Stehplatzkarte. Die Kassiererin hatte eine lange Nacht als Aushilfe in einer Bar hinter sich, war dementsprechend müde, sah seinen grünschwarzen Schal, wobei sie das nur mit „grün" assoziierte und verkaufte ihm eine Karte mitten im Rapidsektor, dort wo auch Flocki und Adrian immer standen, wenn sie Spiele der Hütteldorfer besuchten.

Als Sunny an seinem Platz angekommen war, stellte er fest, dass er offensichtlich unter lauter Rapidlern stand, dachte sich aber, dass das keine große Rolle spielen würde.

Das hätte es auch nicht, wenn nicht die Rieder schon in der dreiundzwanzigsten Minute nach einem abseitsverdächtigen Tor mit 1:0 in Führung gegangen und Sunny dabei laut gejubelt hätte.

Zuerst erntete er nur ungläubige Blicke. Dann erbarmte sich ein offensichtlich sehr gut gelaunter Ultra und meinte jovial:

„Herst Oida, bist wo angrennt? Waaßt du eh, wo du da stehst?"

Und mit diesen Worten entleerte er langsam und bedächtig sein halb ausgetrunkenes Bier in Sunnys Genick. Wie gesagt, der Rapidler hatte anscheinend sehr gute Laune. In solchen Situationen wurden auch schon Leute für einen Rettungstransport vorbereitet.

Sunny meinte nur, auch in Oberösterreich gäbe es Bier im Stadion. Aber dort verschüttete man es nicht, weil es besser sei als dieses Ottakringer Brunzwasser. Und weil die Rapidler in diesem Moment vom Anstoß weg den Ausgleich schossen, war ihm darob keiner böse. Der Ausgleich war zudem sowas von abseits, wo hatte der Schiedsrichter seine Augen? Aber Sunny wollte es nicht auf die Spitze treiben und schwieg dazu.

Einige Reihen hinter ihm hatten Flocki und Adrian das Spektakel beobachtet und fragten sich, woher sie den Lebensmüden kannten. Da schoss es Flocki: Das war doch dieser Sonnbauer, den alle Sunny nannten? Der Ex-Kiwara, der jetzt Privatdetektiv war! Die Welt ist klein.

Und so schrie er die paar Meter nach vorne:

„Sunny! Was machst du da?"

In Dumpfling ist nämlich jeder mit jedem per du. Außer mit dem Pfarrer, der ist Pole und betreut auch noch Ganshofen und Kulmbach, und mit dem ist man per Sie. Aber sonst würde man da höchstens komisch angesehen, wenn man jemanden mit „Sie" anspricht, außer halt die Schüler in der Volksschule ihre Lehrerin, aber auch das nur innerhalb des Schulgebäudes und da nicht immer.

Sunny drehte sich, noch immer tropfnass, zu den beiden um, die er sofort erkannte, ohne allerdings ihre Namen zuordnen zu können. Sie beschlossen, sich die paar Meter zu ihm durchzukämpfen und eine kleine Rieder Enklave mitten in diesem grünweißen Barbarenreich zu gründen. Es gab schon bessere Ideen auf dieser Welt.

Fanatische Fußballanhänger sind nun einmal sehr speziell konstruiert. Ein einzelner Anhänger der gegnerischen Mannschaft wird im Allgemeinen belächelt oder überhaupt negiert. Anscheinend fasst die Schwarmintelligenz einer Fangruppe so einen Verirrten nicht als potentiellen Feind auf. Manchmal gehen auch zwei gerade noch durch. Aber drei übersteigen definitiv die kritische Masse. Das ist eine Invasion im Herz des grünweißen Reichsgebiets, quasi eine feindliche Aktion, wie ein Fallschirmjägerkommando im Hinterland der Front, kurz: etwas, das man eliminieren muss um die Reinheit des Fanblutes zu schützen.

So kam es zur Kettenreaktion.

Wer die Schlägerei angefangen hatte, war am Ende nicht mehr feststellbar. Aber rund um den Rapidsektor stehen auch bei Heimspielen immer viele „Grüne", die seit der Polizeireform jetzt eher blau gekleidet sind, im Sprachgebrauch der Wiener aber immer „Greane" oder „Stängel" (außen grün, innen hohl) bleiben werden. Und deren Pflicht ist es, für Zucht und Ordnung zu sorgen, wobei man sich fragen muss, ob eine Zucht von Rapidlern in Wahrheit nicht sinnbefreit ist? Vielleicht kann das ja der freiheitliche Bundesparteiobmann beantworten, wir jedenfalls nicht.

Das zweite Problem der Ultras war, dass auf kleinem Raum die schiere personelle Übermacht nur bedingt eingesetzt werden kann und dass Sunny durch seine Polizeiausbildung einige Kampftechniken kannte, die seine Angreifer noch Tage beschäftigen würden. Beziehungsweise deren Nachwirkungen. Auch an den Folgen dieser Aktionen hätte der Zahntechniker seine Freude gehabt.

Daher überlebten die drei das Gemetzel mit einigen blauen Flecken und verschwollenen Gesichtern aber ohne Brüche, was man von den beteiligten Rapidlern nicht behaupten konnte, die „jetzt mit ihren Zähnen am Arsch Klavier spielen können", wie Sunny es nicht ganz unpassend ausdrückte.

Am Posten hatte ein Polizist, er war zum Glück für Sunny Austrianer, die weise Idee, die drei nicht mit den siebzehn ebenfalls verhafteten Ultras zusammen in eine Zelle zu sperren, sonst – wer weiß, ob das nicht noch ein feines Klavierkonzert in „Au-Dur" geworden wäre?

Als Sunny sich als Kollege zu erkennen gab, wobei er vergaß zu erwähnen, dass er seit zwei Monaten nur noch ein Exkollege war, waren die drei schnell wieder auf freiem Fuß, sogar ohne dass man ihre Personalien aufnahm. Man versicherte ihnen nur, dass sie komplett verrückt seien, sich zu dritt mitten im Ultras-Sektor als Riedfans zu outen, und dass sie wahnsinnig viel Glück gehabt hatten. Einer der Festgenommenen wäre Markus „Mad Max" Sedlacek, ein mehrfach vorbestrafter Hooligan, der aber trotz Stadionverbot immer wieder irgendwie hinein kam und ein anderer Bernhard „Bonebreaker" Tomandl, gegen den ebenfalls schon öfter ermittelt worden war. Die beiden hätten sicher schon mehr Knochen gebrochen als ein durchschnittlicher Mensch im Körper hatte, meinte der Polizist. Das wäre wirklich der ganz harte Kern der Ultras! Und übrigens habe man bei dreien von den Verhafteten verbotene Springer gefunden, also nicht diese Klapp-messer, sondern solche, die nach vorne heraus schossen, und offensichtlich hätte nur der schnelle Polizeieinsatz hier Schlimmeres verhindert.

„Macht das nie wieder!"

Nein, natürlich nicht, Kollege! Vielen Dank noch! Toller Einsatz, perfekt durchgezogen, gratuliere!

Dann gingen sie ein Bier trinken und unterhielten sich noch ein wenig, auch über die letzten Ereignisse in Dumpfling, ohne zu ahnen, dass sie sich bald wieder sehen würden, aber unter weniger angenehmen Umständen als soeben, denn für die drei war das alles irgendwie ein großer Spaß gewesen.

Das Spiel endete übrigens 1:1, wobei sich am Spielfeld auch noch eine kleine Schlägerei abspielte, die zu drei roten Karten und einem ausgeschlagenen Zahn führte. Irgendwie lag an diesem Tag die Aggression in der Luft, so schien es. Und es würde noch heftiger werden!

*

Johann Wagner erwachte gegen sechs Uhr abends und erschrak regelrecht darüber, wie lange er geschlafen hatte. Jetzt wurde es aber wirklich Zeit, seiner Frau – oder eher seiner zukünftigen Exfrau, wenn sich sein Verdacht bewahrheiten sollte – einen Anstandsbesuch im Hotel abzustatten.

Und so machte er sich zu Fuß auf den Weg, bewaffnet mit einem kleinen Tonaufnahmegerät, zur Beweissicherung. Eine Kamera im Revers, wie James Bond sie hatte, war das zwar nicht, aber es musste reichen.

*

Die Massage hatte Turteltäubchen gut getan. Er spürte schon fast nichts mehr von seiner doch recht langen und unbequemen Nacht, nur kündigte sich ein Schnupfen an.

Und dagegen hilft am besten? Uschi wusste, was ein Mann da braucht. Uschi braucht er da. In ganz und gar nicht homöopathischen Dosen.

Turteltäubchen wünschte sich danach schön langsam, dass das Wochenende bald vorbei sein möge. Er war fast Sechzig, irgendwann ist da die Kraft aus und der Saft raus!

Während also Uschis Mann noch in seinem Erholungsschlaf in einem weit weniger luxuriösen Hotel lag, machten sich die beiden bereits fertig für den Opernbesuch. Uschi sah umwerfend aus in ihrem neuen Kleid mit Stola und den hohen Schuhen, jedenfalls von hinten. Und ein Mann in einem Abendanzug ist sowieso immer schön. Das ist der Vorzug dieses ansonsten so arg benachteiligten, bemitleidenswerten Geschlechts.

Die Vorstellung würde um 19.30 beginnen, da wäre es günstig, gegen 19:00 im Opernhaus zu sein. Daher machten sie sich kurz vor sieben auf den Weg, als der endlich erwachte Johann Wagner gerade auf dem Weg zu ihrem Hotel war, wobei er aber ihren Weg nicht kreuzte.

Sie gingen die paar Meter zur Oper nämlich zu Fuß. Es war ja wirklich nicht weit. Sie trafen pünktlich ein, gaben ihre Mäntel an der Garderobe ab, tranken an der Bar ein schnelles Glas viel zu teuren Sekt und begaben sich auf ihre Plätze in der vierten Reihe. Sehr gute Plätze, wie Uschi anerkennend dachte. Den Armin würde sie sich warmhalten.

8

Johann Wagner stand jetzt vor dem Problem herauszufinden, ob und unter welchem Namen seine Frau in diesem offensichtlich schweineteuren Hotel wohnte. Natürlich würde er an der Rezeption nichts erfahren, das war ihm klar. Er musste es mit einem Trick versuchen, zumal er gar nicht so sicher war, dass sie mit ihrem richtigen Namen eingecheckt hatte. Andererseits verlangten diese Hotels meist einen Ausweis.

Er ging also ins Hotel, setzte sich in einen bequemen Polstersessel in der Lobby und beobachtete die Rezeption. Aha, das war noch ein Hotel mit diesen altmodischen Schlüsseln, sehr gut. An der Rezeption machten ein älterer Portier und ein junges Mädchen Dienst. Bei dem alten Hasen brauchte er es gar nicht zu versuchen, das war ihm klar, aber das junge Mädchen sah unerfahren aus.

Er wartete, bis ein Ehepaar den Schlüssel abgab, Zimmernummer 206, merkte er sich. Er wartete weiter. Kurz darauf traf eine kleine Gruppe ein, der Portier hatte jetzt wohl einige Minuten zu tun. Johann ging vor die Türe, nahm sein Telefon und rief auf Zimmer 206 an, wo natürlich niemand abhob. Dafür aber, wie er gehofft hatte, die junge Rezeptionistin.

„Guten Tag, Juwelier Perterer vom Graben. Ich habe Frau Ursula Wagner am Mobiltelefon nicht erreicht und auf Zimmer 206 hebt sie mir auch nicht ab. Ist sie vielleicht im Speisesaal?"

Die Rezeptionistin ließ sich überrumpeln. „Frau Wagner hat Zimmer 211, nicht 206. Einen Moment, ich versuche es dort. Bitte bleiben Sie dran!"

Er hätte jetzt auflegen können, aber er wollte sowieso wissen, ob sie am Zimmer war, also wartete er. Nach dem fünften Läuten meldete sich wieder das nette Fräulein von der Rezeption und meinte, dass sie gerade sehen würde, dass der Schlüssel abgegeben und Frau Wagner also offensichtlich nicht im Zimmer sei. Ob sie etwas ausrichten könne?

Ja, dass der Verschluss des beschädigten Armbandes repariert sei. Er würde es mit einem Boten ins Hotel schicken, wo man es bitte im Safe verwahren möchte. Danke. Dann legte er auf.

Dass er auch gleich die Zimmernummer erfahren würde, damit hatte er nicht gerechnet. Umso besser. Jetzt würde er warten, bis die Nachtportiere ihren Dienst antraten und dann …

Er ging ins Hotelcafé und bestellte sich eine Melange, wie der Milchkaffee hier hieß, und die Tageszeitung.

∗

Der seriöse Herr Stadtrat wurde von Dimitrij mit einer Limousine abgeholt. Dimitrij wusste, was er seinen Geschäftspartnern schuldig war. Etwas Stil musste schon sein. Verdammte Kontaktlinsen, er würde die besser in der Oper herausnehmen, das Kratzen war unerträglich und die

Diva war sowieso ein fetter, alter, hässlicher Vogel. Besser, wenn man sie nur hörte.

Der seriöse Herr Stadtrat freute sich schon sehr auf die Aufführung. Eine sehr bekannte, wenn auch schon etwas ältere Sopranistin sang die Königin der Nacht, und auch Tamino und Pamina waren hervorragend besetzt. Den Sänger von Papageno hatte er noch nie gehört, mal sehen. Der Sarastro sollte hingegen nicht ganz so sattelfest in den tiefen Bässen sein, was man so hörte. Es gehörte zu einem Mann von Welt, dass er über derlei Dinge Bescheid wusste.

Er trug einen recht konventionellen Smoking mit Schal-kragen, dazu eine schwarze Fliege – gebunden, oh Gott, nein, nicht zum Umschnallen! – und war in diesem Aufzug durchaus eine beachtenswerte Erscheinung, dessen war er sich bewusst. Natürlich war er es gewohnt, Anzüge zu tragen. Irgendwie sieht man das einem Mann an, ob ein Anzug für ihn selbstverständlich oder eine Verkleidung zu einem besonderen Anlass ist. Er musste sich an seine Schulzeit erinnern, als er und seine Freunde das erste Mal in einem Anzug auf einen Ball gegangen waren. Er war sicher, dass alle Besucher genau gesehen hatten, wie ungewohnt das für sie gewesen war. Aber er hatte schon damals den Anzug auf eine ihm eigene Art mit mehr Selbst-verständlichkeit getragen als alle anderen in seinem Alter.

Wenn man so will, ahnte er schon zu dieser Zeit unterbewusst, dass aus ihm einmal etwas werden würde. Während die anderen Jungen auf diesem Ball dümmlich grinsend und teilweise viel zu laut redend ihre Unbehaglichkeit zu überspielen suchten, indem sie mit Bierflaschen herumstanden, was auf einem Ball natürlich gar nicht geht, ging er zu den Tischen und forderte die dort sitzenden Mädchen zum Tanz auf.

Da aufgrund der verblödeten Jungherren und ihrem Hang zu einem Blonden aus der Flasche die jungen Damen viel zu wenige Tanzpartner hatten, war er an diesem Abend der Hahn im Korb und äußerst beliebt. Er schrieb sich das hinter die Ohren. Was für Mädchen galt, warum sollte das nicht generell im Leben gelten? Kümmere dich um die Vernachlässigten, und es wird dir an nichts mangeln!

Eigenartigerweise dachte der mittlerweile über fünfzigjährige, seriöse Herr Stadtrat an diesen Ball, als er mit Dimitrij, diesem proletarischen, russischen Gossenjungen in die Limousine stieg. Kümmere dich um die Vernachlässigten, und es wird dir an nichts mangeln. Wer tat das gerade? Er oder Dimitrij?

Sie fuhren zur Oper und trafen ziemlich zeitgleich mit Turteltäubchen und Uschi dort ein.

*

Adrian und Flocki diskutierten, ob Adrian ihn in die Oper begleiten sollte oder ob sie sich erst danach vor dem Hotel des Vamps, wie sie Uschi nannten, treffen sollten. Adrian „zog es gar nicht", wie er das auszudrücken pflegte, und so ging Flocki alleine zur Oper, während sein Freund sich im Hotelcafe, gleich am Tisch neben Johann Wagner, einen Cappuccino gönnte und seinen Kindle herausnahm, um ein wenig zu lesen. „Nacktbadestrand" hieß das Buch. Es war die autobiographische Geschichte einer älteren Dame, die nach Jahrzehnten ohne Sex beschlossen hatte, alles nachzuholen und zu diesem Zwecke in einschlägigen Magazinen inseriert hatte. Er lernte ein neues Wort: Gerontophilie. Bei diesem Wort musste er unwillkürlich an Uschi denken, die war verglichen mit ihm ja auch eine Greisin. 39 sagte sie (ja, sie hatten sie tatsächlich nach ihrem Alter gefragt!). Aber das glaubte er genauso wenig wie Turteltäubchen, von dem er natürlich nichts wusste, ja nicht einmal ahnte.

Dass Uschis Mann am Nebentisch saß, das konnte er ebenso wenig ahnen. Wer weiß, was von den kommenden Ereignissen ganz anders abgelaufen oder gar nicht passiert wäre, hätte er davon gewusst. Aber das Leben und vor allem das Rad der Fortuna dreht sich unberechenbar, und so hatte das Schicksal eben beschlossen, ihn mit dieser nicht unwesentlichen Information erst in einigen Stunden zu konfrontieren.

Es war ein bisschen so als wäre einer höheren Macht fad im Schädel. Und die machte sich die Samstagabendshow eben selbst. Genau so, wie sie ihr gefiel.

*

Pünktlich um 19:30 begann die Aufführung mit der Ouvertüre. Nach dieser wurden die letzten, verspäteten Gäste noch in den Saal gelassen und der Platzanweiser verteilte einige Studenten auf frei gebliebene Plätze. Flocki war darunter. Er saß vier Reihen hinter Turteltäubchen und Uschi, vor ihm saß eine ältere Dame mit einem mächtigen Hut, der ihm fast die gesamte Sicht auf die Bühne – und auf Uschi, die er deshalb noch nicht entdeckt hatte – raubte. Man sollte, dachte er sich, ein Schild aufstellen beim Eingang: „Jüngere Damen werden gebeten, ihre Hüte im Saal abzunehmen. Alte Frauen dürfen sie aufbehalten!"

Das würde das Problem ohne Zweifel lösen.

So aber bewahrte ihn der Hut vor allem davor, seinen gestrigen Vamp zu entdecken. Wie bereits erwähnt: das Schicksal führt eine Regie, die Herr Hitchcock so kaum besser hinbekommen hätte.

Die Aufführung war, soweit er das beurteilen konnte, sehr gut. Die schon etwas ältere Sopranistin fetzte die Koloratur der Königin der Nacht mit einer Leichtigkeit in den Saal, dass er eine Gänsehaut bekam und auch vom Papageno würde man in absehbarer Zeit wohl mehr hören.

Irgendwo hatte er einmal gelesen, dass Mozart ein Freimaurer gewesen war und die Zauberflöte ein Freimaurerstück sei. Sein Onkel, der auch gerade in Wien war, was Flocki aber nicht wusste, hätte unter „Freimaurerei" wohl eher eine illegale Bautätigkeit assoziiert, Flocki hingegen passte genau auf und kam am Ende zum Schluss, dass dieser Wolfgang Amadeus in der Tat ein ziemlicher Schlingel gewesen sein musste. Die Oper war freimaurerisch, wenn man sich mit den Grundsätzen dieser Loge ein wenig auskannte aber harmlos, wenn man nicht daran dachte. Ein Meisterstück, seine Gesinnung so unterschwellig einzubauen. Das sollten sich österreichische Regierungspolitiker zum Vorbild nehmen, nicht nur der freiheitliche Oppositionskrakeler.

In den kurzen Pausen zwischen den Arien des zweiten Aktes sah er sich in der Oper um. Irgendwo schnarchte ein Flegel einigermaßen ungeniert, und einige Gäste sahen ostentativ und etwas pikiert in Richtung der Loge, aus der diese störenden Geräusche kamen. Solch gutturale Laute störten eben den Kunstgenuss der feinen und möchtegernfeinen Leute enorm.

*

Dimitrij brannten die Augen. Verdammte Linsen. Am Montag musste er dringend neue besorgen, und morgen musste eben die Brille her. Nur sehen lassen konnte er sich damit nicht. Ein Mafiapate mit Sehbehelf war ungefähr so einschüchternd wie ein Karnickel im Streichelzoo. Er verdrückte sich vor Beginn der Vorstellung kurz in eine dunkle Ecke der Loge und nahm die Linsen heraus. Damit war er faktisch halb blind, aber in seinen Augen steckten schon jetzt glühende Nadeln, jedenfalls kam es ihm so vor, und er erinnerte sich noch sehr gut, wie lange die letzte Augenentzündung gedauert hatte. Die hatte er im Sommer des letzten Jahres gehabt und mit optischen Sonnenbrillen kaschieren können. Wenn er die abgenommen hatte, sah er aus, als hätte er den ganzen Tag geweint. Das ging noch weniger als das Streichelzookarnickel! Aber das mit den glühenden Nadeln würde er sich merken und bei Gelegenheit seinen weiblichen Angestellten für Verfehlungen androhen.

Er nahm wieder vorne neben seinem Gast Platz. Die Oper interessierte ihn sowieso nicht. Er würde nie verstehen, was die Leute an diesem altmodischen Gequäke fanden, aber egal. Die Hauptsache war, dass es seinem Gast zusagte. Dessen Wohlwollen und Abhängigkeit würde ihm noch viel Geld einbringen. Und dass es zu einer Abhängigkeit kam, dafür hatte er mit einer versteckten

95

Kamera in der gebuchten Hotelsuite gesorgt, was ihn lediglich ein paar Hunderter für den Portier gekostet hatte. Auf die paar Kröten kam es wirklich nicht an!

Irgendwann im zweiten Akt beschlossen Dimitrijs Augenlider dann, die schmerzfreie Zeit zu nutzen und sich ein wenig hinzulegen. Sein Unterkiefer sagte sich: „Das kann ich auch!", klappte herunter, woran der Hals nichts ändern konnte, obwohl der diese müden Körperteile durch immer lauter werdende Schnarchgeräusche zu wecken versuchte.

Dimitrij schlief.

*

Dem seriösen Herrn Stadtrat war das mehr als peinlich. Was sollte er tun? Den Banausen einfach zu wecken war riskant. Wer weiß wie der reagierte? Womöglich zog er eine Waffe und erschoss in seinem Halbschlaf einfach jemanden? Russe und Verbrecher war keine sonderlich vertrauenserweckende Kombination, wenngleich nicht besonders selten. Er hätte sich gar nicht darauf einlassen sollen.

Als die Geräusche immer lauter wurden und die Blicke mancher Opernbesucher immer distinguierter, überwand er seine Bedenken und gab Dimitrij einen Stoß mit dem Ellbogen. Außer einem missmutigen Grunzer zeigte das keine Wirkung, jedenfalls wachte der Russe nicht auf. Aber zumindest schnarchte er im Moment nicht mehr.

Dimitrij drehte im Schlaf den Kopf auf die Seite und schlief weiter den Schlaf des Gerechten bis zum Ende der Oper. Die seitliche Lage verhinderte glücklicherweise weitere allzu laute Schnarchgeräusche.

Die Zauberflöte ist ein ziemlich langes Singspiel. Als es um halb elf schließlich unter tosendem Applaus zu Ende ging, wachte Dimitrij auf und klatschte begeistert mit. Den seriösen Herrn Stadtrat erinnerte das interessanterweise an eine Szene aus „Die Hexen von Eastwick", nur hatte Dimitrij in seinen Augen bei weitem nicht das Format von Jack Nicholson. Aber er machte sich eine Gedankennotiz, sich diesen Film möglichst bald wieder einmal zu Gemüte zu führen. Hoffentlich musste er jetzt nicht jedes Mal, wenn er den Film sah, an diesen Idioten neben ihm denken. Und im gleichen Moment wusste er, dass er, verdammt nochmal, genau das tun würde. Es ist so ein wenig, als wenn einem jemand sagte: „Denk jetzt nicht an einen rosa Elefanten!"

*

Die Diva, deren Name hier nichts zur Sache tut, war mit der Vorstellung zufrieden. Sie wusste, dass sie die Königin der Nacht wie derzeit nur wenige brillant, klar und ohne erkennbare Anstrengung singen konnte. Das war die Kunst:

97

Das Publikum nicht merken zu lassen, wie anstrengend gerade die hohen Passagen zu singen waren.

An Sarastro hingegen ließ sie in Gedanken kein gutes Haar. „In diesen heil'gen Hallen" der Staatsoper hatte sie die berühmte Bassarie schon druckvoller und vor allem auch einfühlsamer gehört. Aber wozu aufregen. Wenn die anderen schlecht sangen, stand man selbst besser da, oder? Sie war wirklich eine Diva!

Nach immerhin drei Vorhängen und stehenden Ovationen und Bravorufen suchte sie endlich ihre Garderobe auf, wo ihr heute noch dieser ekelhaft primitive Dimitrij mit einem Stadtrat einen Besuch abstatten würde. Mit der russischen Mafia legte man sich in Wien jedoch nicht einmal als Starsopranistin an. Also gute Miene zum bösen Spiel und dann vergessen. Wenn sie gewusst hätte, dass Dimitrij der sogar auf der Bühne noch zu vernehmende Kampf-schnarcher gewesen war, hätte sie unter Umständen ihrer Eitelkeit nachgegeben, die Garderobentüre nicht geöffnet und so die kommenden Ereignisse durch eine Verschiebung in den parallel ablaufenden Zeitschienen maßgeblich beeinflusst.

Hätte, wenn und aber sind jedoch immer nur nicht wahr gewordene Möglichkeitsformen. Und so war das auch diesmal.

Es klopfte an die Garderobentüre. Sie stand auf, ging hin und öffnete. Es wurde ein kurzer Besuch. Der Begleiter von Dimitrij war ein Gentleman, machte ihr einige schöne aber nicht überschwängliche Komplimente und wurde mit einer Autogrammkarte mit persönlicher Widmung nach einigen Minuten wieder verabschiedet, nachdem Dimitrij noch ein Foto von den beiden geschossen hatte.

9

Jetzt hätten wir beinahe darauf vergessen zu erzählen, wie das Aufstellen des Christbaums abgelaufen war. Es war ein ganz spezieller Fall, im Sinne des Wortes.

Als der stolze Baum samt bereits applizierter Lichterketten mit einem Seilzug hochgezogen wurde und gerade etwa fünfundvierzig Grad schräg stand, wozu die Dumpflinger Musikkapelle einen feierlichen wenn auch schon etwas alkoholschwangeren Marsch intonierte und die offiziellen Gesandtschaften ebenso feierlich zusahen und zuhörten, begann die angesägte Stelle in der Mitte allmählich zu reißen. Langsam, ganz langsam knickte der Baum an dieser Stelle ein und brach dort krachend in zwei Teile, deren oberer am Zugseil mit mächtigen Schwüngen ausbaumelte wie ein Gehängter, wobei er noch gleich ein paar der schönen Weihnachtsmarkthütten abräumte, die zum Glück aber noch nicht geöffnet waren, weshalb dabei niemand zu Schaden kam. Aber das Getöse, in das sich auf einmal auch aufkreischende Blasinstrumente mischten, bevor sie verstummten, war enorm.

Der untere Teil des unglücklichen Christbaums beschloss, weil ihn nun ja nichts mehr hielt, der Schwerkraft nachzugeben und fiel mit einem infernalischen Krachen genau auf die Bühne, auf der die Offiziellen standen. Weil es aber so ein schwerer Baum beim Fallen nicht eilig hat, konnten sich die meisten noch rechtzeitig in Sicherheit bringen und wurden nur von den nachpeitschenden Ästen mehr oder weniger sanft gestreichelt.

Lediglich der Wiener Bürgermeister und der Dumpflinger Gemeindesekretär, die in der Mitte standen, erwischten es nicht so günstig. Zwar verfehlte der mächtige Stamm auch sie glücklicherweise, aber ein fast armdicker Ast brach dem Bürgermeister den Arm und ein anderer dem Dumpflinger Offiziellen das Wadenbein und, weil es in einem Aufwaschen ging, auch gleich das Schienbein. Knack, knack!

In Summe hatte der Vor-, Un- und Reinfall neben den beiden Schwerverletzten (vor dem Gesetz ist ein Knochenbruch eine schwere Verletzung) auch dreizehn Leichtverletzte, großteils mit Abschürfungen und eine mittelschwere Verstimmung zwischen Oberösterreich und Wien zur Folge, als Sachverständige später entdeckten, dass der Baum fachgerecht gerade so weit angesägt worden war, dass er beim Aufziehen brechen musste.

Ganz offensichtlich ein Anschlag also!

∗

Der sehr verehrte oberösterreichische Herr Landes-hauptmann drückte dem Wiener Bürgermeister und der Wiener Bevölkerung ein paar Tage später dann sein tief empfundenes Bedauern aus und tobte noch eine Stunde später im Landhaus dermaßen, dass beinahe der Putz von der Decke fiel. So hoch hatte ihn in der Tat noch nie jemand springen sehen!

„Jetzt reicht es mir mit diesen Dumpflinger Volltrotteln endgültig! Diese Gemeinde bekommt nie wieder eine Förderung!"

∗

Adrians vermeintliche Mutter Maria hatte Nachtdienst. Der fing im Allgemeinen Krankenhaus der Stadt Wien um 19:00 Uhr an, wobei sie eine halbe Stunde früher für die Dienstübergabe dort sein musste. Die letzte Woche war abwechslungsreich gewesen. Einer der neuen Zivildiener hatte sich mit einem anderen ein Rennen in den Gängen geliefert. Sie waren im Höllentempo mit ihren Patienten mit den Rollstühlen durch die sechste Ebene gerast. Wer als erster beim Röntgen ist, hat gewonnen!

Dem Patienten des anderen Zivis hatte das so gut gefallen, dass er ihm zehn Euro Trinkgeld gegeben hatte, aber der Zivildiener ihrer Station – Notfallaufnahme – war mit einer älteren Dame unterwegs, die mit einer eingebildeten Vergiftung ins AKH gekommen war, und die hatte sich beschwert, dass der junge Mann offensichtlich von ihrem Sohn dafür gekauft worden wäre, sie umzubringen, nachdem der Giftanschlag missglückt war.

Jedenfalls hatte der Bursche einen gewaltigen Anschiss bekommen und saß nun am Empfang. Eine Arbeit, die jeder auf der Station hasste.

Vorgestern war ein junges Paar am Empfang eingetrudelt und hatte sehr leise mit ihm gesprochen. Anscheinend handelte es sich um eine delikate Angelegenheit. Und dieser Bengel hatte dann laut durch den ganzen Empfang gerufen, ob ihm jemand sagen könne, ob eine Banane im After ein Notfall sei oder ob er die beiden wegschicken müsse.

Sie musste heute noch lachen. Dieser Knabe würde ihnen noch viel Freude machen.

Just in diesem Moment kündigte die Rettung an, dass nach einem Unfall im Rathauspark mit einigen Verletzten in den nächsten Minuten zu rechnen sei, darunter offensichtlich auch der Herr Bürgermeister. Anscheinend war ihm das christliche Symbol der friedlichen Weihnacht auf den Kopf gefallen, was man so hörte.

*

Turteltäubchen und Uschi waren einige Minuten vorher aufgebrochen und somit auch etwas früher im Hotel angekommen. Sie ließen sich den Schlüssel geben und blickten nicht in die Ecke der Lobby, wo Johann Wagner in einem Lederfauteuil saß und vorgab, eine Zeitung zu lesen, mit der er sein Gesicht verbarg, nur für alle Fälle! Das also war des Pudels Kern! Was hatte dieser Greis, was er nicht hatte? Ein aufgeblasener Snob schien das zu sein. Was fand sie an dem?

Männer vergleichen sich immer. Frauen auch, aber bei Frauen betrifft es Schuhe und Kleidung, bei Männern geht das an die Substanz und an den Selbstwert, vor allem in der Mitleidskrise, die Männer ab vierzig bekommen und nie mehr loswerden!

Er hatte aber noch genug Selbstbeherrschung um zu warten, bis sie mit dem Lift nach oben gefahren waren. Er wollte noch eine halbe Stunde verstreichen lassen und sie dann in flagranti erwischen. Ob er das nur aus eifersüchtigen Motiven heraus so plante oder ob es ihn nicht auch ein wenig geil machte, weiß man nicht genau.

Wie er ins Zimmer kommen würde, das hatte er sich jedenfalls schon überlegt. Nein, nicht mit dem uralten „Zimmerservice" – Trick, der sowieso nie funktionierte. Am ehesten kann man Menschen zu unüberlegten Handlungen verleiten, wenn man sie glauben machte, sie wären in Gefahr. Also ging er jetzt mit seiner Sporttasche in Richtung Toilette und zog sich dort seine Arbeitshose an und die mitgebrachte Warnweste über.

*

Sunny wollte noch einen Versuch starten, einen netten Abend im Bermudadreieck zu verleben. Natürlich war es noch zu früh. Er gedachte, gegen acht aufzubrechen und die paar Meter zu Fuß über die Kärntnerstraße zu gehen.

Derzeit lag er in seinem Zimmer und hatte die Glotze angeworfen. Der gleiche Schmarrn wie jeden Tag in den Nachrichten.

„Hatze" von der rechten „Heimatpartei" hetzte wie immer gegen Islamisten und andere Ausländer, die Innen-ministerien versuchte sich als Konkurrenz zu profilieren, indem sie von Verschärfungen für Asylwerber sprach – was sollte man da noch verschärfen, die wurden eh schon wie Dreck behandelt – und der Kanzler tat das, was er in kritischen Situationen immer tat: schweigen und grinsen.

Sunny schaltete auf einen anderen Sender, wo ein Fernsehkoch gerade eine Würstelstandbesitzerin umarmte, nachdem er mit heroischem Einsatz ihre Existenz gerettet hatte, indem er ihr eine halbe Stunde vorgezeigt hatte, wie man eine Currywurst richtig zubereitet und serviert. Sie lag weinend in seinen Armen und dankte ihm, dass er sie ganz offensichtlich vom Konkurs und Hartz IV gerettet hatte. Danke, danke, ich wüsste nicht, wie ich es sonst geschafft hätte. Und der einzige Gast an der Bude bestätigte, dass das die beste Currywurst in seinem ganzen Leben wäre.

So schlecht war das österreichische Fernsehen eigentlich doch nicht, wenn man den deutschen Mitbewerb betrachtete!

Sunny bekam Hunger. In dieser Beziehung hatte das mit der Currywurst funktioniert.

∗

Adrian und Flocki waren für 19:30 beim Hotel verabredet, aber Adrian kam wie immer einige Minuten zu spät. Das war das einzige, was Flocki an ihm so richtig nervte. Wenn er ihn darauf ansprach, pflegte Adrian nur zu kontern, dass zu früh kommen bei den Hasen eh nicht gut wäre, hahaha!

Als Flocki vor dem Hotel wartete, sah er Uschi aus einem Taxi steigen und ins Hotel gehen. Er wollte schon auf sie zugehen, als er bemerkte, dass es eine andere Frau in einem Trenchcoat war, die ihr nur ziemlich ähnlich sah. Die Frau ging in das Hotel und dann, ohne an der Rezeption halt zu machen direkt zum Lift.

Flocki wartete also weiter, und wenige Minuten später kam Adrian heran geschlendert. Er schien es überhaupt nicht eilig zu haben, obwohl er deutlich zu spät war. Typisch.

Sie begrüßten sich, indem sie die Fingerknöchel ihrer Fäuste aneinanderschlugen, was in ihren Augen cool war, und gingen in das Hotel.

*

Tatjana war pünktlich. In dieser Beziehung war sie genau so professionell wie in anderen Bereichen. Man ließ Kunden nicht warten, das war schlecht für das Geschäft. Als sie aus dem Taxi stieg, das sie sich heute gegönnt hatte, weil sie unter dem Mantel kaum etwas anhatte und so nicht mit der U-Bahn fahren wollte, ahnte sie nicht, dass in der Limousine, die gerade beim Hotel vorfuhr, jemand saß der sie ziemlich überrascht bemerkt hatte.

Sie ging an der Rezeption vorbei zum Lift, drückte den Knopf für den zweiten Stock und fuhr hinauf. Ihre Kunden hatten ihr die Zimmernummer mitgeteilt, was ihr den unangenehmen Umweg über die Rezeption ersparte. Natürlich sahen es noble Hotels nicht gerne, wenn Prostituierte ins Haus kamen, aber gegen ein Trinkgeld drückten die Angestellten immer gern ein Auge zu. Dieses Trinkgeld würde sie sich heute sparen.

Am Weg zum Zimmer hielt sie kurz inne und beschloss, sich vorher noch schnell auf der Toilette – es gab in diesem Hotel in jedem Stock eine Toilette, nicht nur in der Lobby und in den Zimmern – frisch zu machen und etwas Parfum aufzutragen. Sie bevorzugte teure Produkte, nicht diese nuttig-blumigen Düfte, die nach drei Minuten verweht waren.

Dimitrij traute seinen Augen nicht, was angesichts seiner Fehlsichtigkeit nichts Besonderes war. Aber im Moment hatte er seine Brille aufgesetzt. Es war nicht anders gegangen, sonst hätte er wohl nicht einmal die Limousine vor der Oper gesehen. Die Linsen konnte er heute unmöglich noch einmal verwenden. Er hatte sie, weil er sich selbst da nicht traute, daher sicherheitshalber gleich weggeworfen.

Was ihn so überraschte war die Frau, die gerade ins Hotel ging. Das war eindeutig Tatjana. Er hatte es schon bereut, ihr für das Wochenende freigegeben zu haben, aber dann nichts mehr gesagt. Und jetzt schaffte dieses Miststück quasi schwarz an. Wer weiß, wie lange sie das schon machte. Bei der müsste und würde er ein Exempel statuieren, das war ihm klar. Wenn so ein Verhalten Schule machte, wäre sein gesamtes Imperium in Gefahr.

„Kommen Sie mit rauf?", riss ihn der seriöse Herr Stadtrat aus seinen Gedankengängen.

Ja, ja, natürlich käme er schnell mit, nur um zu sehen, dass alles so war, wie er es bestellt hatte, beeilte ihm Dimitrij zu versichern.

Er hätte sich diesen Weg sonst wohl gespart, aber er hatte in diesem Hotel noch etwas zu erledigen. Oder jemanden.

∗

Der Portier schaute den beiden verwundert nach. Das waren doch keine Gäste? Noch bevor Adrian und Flocki den Lift erreicht hatten, trat er von der Rezeption heraus, um sie aufzuhalten. In „sein" Hotel konnte nicht jeder so einfach hineinspazieren und schnurstracks zum Lift gehen. Das war ja kein Stundenhotel. Als er sich gerade auf die Verfolgung machen wollte, pfiff ihn Dimitrij zurück. Er pfiff! In diesem Haus! Dieses russische Gesindel. Aber Dimitrij war erstens ein immer wieder kehrender, guter Kunde und zweitens erzählte man sich von ihm Geschichten, die es dem Portier angeraten erscheinen ließen, seinen Unmut hinunterzuschlucken und gute Miene zum bösen Spiel zu machen. Er war lange genug in diesem Geschäft, um das perfekt zu beherrschen.

„Herr Kusnetsov! Es ist immer wieder eine besondere Freude, Sie bei uns begrüßen zu dürfen. Wir haben die Suite ganz nach Ihren Wünschen vorbereitet."

Der Portier war erfahren genug, den Stadtrat nicht zu erkennen, obwohl er natürlich genau wusste, wer der gut angezogene Begleiter des Russen war. Er nickte ihm daher nur zu und grüßte ihn.

Dimitrij steckte ihm hundert Euro in seine Livree und fragte ihn leise:

„Du kennst Tatjana, eine meiner Angestellten. Auf welches Zimmer ist sie bestellt worden?"

Der Portier meinte, er habe sie nur vorbeihuschen gesehen und in Anbetracht dessen, dass sie für Herrn Kusnetsov arbeite, habe er sie passieren lassen. Er wisse aber nicht, in welches Zimmer sie ihr Weg geführt hätte. Es sei auch schwierig, das herauszufinden.

„Dann bemüh' dich ein wenig, Mischa!", herrschte Kusnetsov den armen Kerl an, der in der Tat Michael hieß. Der ziemlich konsterniert dreinblickende „Mischa" beteuerte, sein Möglichstes tun zu wollen. Und er nahm sich vor, diesem Russen irgendwann die Reifen aufzuschlitzen.

Und zum Teil aus schlechtem Gewissen, zum Teil aus Dank für das Trinkgeld brachte er die beiden zum Lift, wo ihm Dimitrij zu verstehen gab, dass seine Dienste nicht mehr weiter benötigt würden.

*

Turteltäubchen und Uschi hatten sich ein Glas Sekt eingeschenkt. In ihrem schulterfreien Kleid und den schwarzen High Heels mit den Zwölfzentimeterabsätzen sah sie atemberaubend aus, fand er. Er war aufgrund der Vorfreude auf den bevorstehenden Dreier aber mittlerweile sowieso derart angeheizt, dass er auch eine Vogelscheuche noch attraktiv gefunden hätte, und das war Uschi nun wirklich nicht.

Sein Jackett hatte er mittlerweile abgelegt, die Fliege hatte ihm seine Wildkatze mit einem heimtückischen Lächeln abgenommen und sich dann aufs Bett drapiert, wie es nur Frauen können. Am liebsten hätte er ihr das Kleid sofort vom Leib gerissen, aber sie hatte darauf bestanden, zuerst die Ankunft der „Prise Pfeffer" abzuwarten, wie sie lachend das bestellte Callgirl bezeichnete. Er solle so gut sein und in der Zwischenzeit den Whirlpool einlassen, was er auch sofort machte.

„Mein Held, ich weiß, es kostet dich Beherrschung, noch zu warten, aber bevor unsere Chilischote nicht da ist, läuft hier und heute gar nichts, außer deine Nase!", womit sie auf seinen Schnupfen anspielte.

∗

Johann Wagner hatte sich umgezogen und war über das Stiegenhaus in den zweiten Stock gegangen, wo ihm Adrian und Flocki über den Weg liefen beziehungsweise im Weg standen. Irgendwie kamen ihm die beiden etwas ratlos herumstehenden Jugendlichen bekannt vor, aber er wusste nicht woher. Er würde jetzt noch etwas warten, dann ein Zimmermädchen abfangen und ihr auftragen, die Türe zu Suite 211 zu öffnen, weil dort ein Feuermelder Alarm gegeben hätte. So sein Plan. Aber dazu sollte es nicht kommen.

Während er wartete, stöckelte nämlich seine Frau an ihm vorbei. Eine Sekunde später bemerkte er seinen Irrtum. Das war nicht seine Frau, aber die Ähnlichkeit war beachtlich. Man konnte sich nur wundern. Irgendwie wirkte sie aber billig, er konnte nicht genau sagen warum.

Er wunderte sich noch viel mehr, als diese fremde Frau an Tür 211 klopfte und sich ein paar Sekunden später die Tür öffnete und er hörte, wie seine Uschi die Dame begrüßte.

10

Die Jungs hatten es bislang nicht gewagt, zur Tür des Zimmers 211 zu gehen und anzuklopfen. Flocki war schuld.

„Was, wenn sie nicht alleine hier wohnt?", stellte er in den Raum.

Daran hatte noch keiner von ihnen gedacht, aber jetzt war der Zweifel gesät. Sie wollten schon kehrt machen und hätten sich damit einiges erspart, aber dann sahen sie diese fremde Frau, die auf den ersten Blick aussah wie ihr gestriges Abendteuer, und da war ihnen auf einmal alles klar:

Uschi war mit ihrer Schwester hier. Hammer! Das war ja noch besser als erwartet. Neuer Mut durchflutete ihren Körper wie einen mittelalterlichen Ritter am Turnierplatz, wenn er das schöne Burgfräulein erblickte, und sie beschlossen, an der Tür zu klopfen.

Sie machten sich just in dem Moment auf den Weg, die letzten paar Meter des Ganges zurückzulegen, als Johann Wagner gerade ein Zimmermädchen aufhalten wollte, um seinen Plan umzusetzen und Dimitrij mit dem seriösen Herrn Stadtrat den Lift verließ.

*

Dimitrij hatte den seriösen Herrn Stadtrat auf Zimmer 212 abgeliefert, wo ihn schon eine wirklich attraktive, Mitarbeiterin von ihm erwartete, um dem älteren Herren seine expliziten (und vielleicht auch einige seiner unausgesprochenen) Wünsche zu erfüllen. Die Suite grenzte sogar mit einer Verbindungstüre an jene Suite, in der zur gleichen Zeit Tatjana ihr erstes Glas Sekt mit Uschi und Turteltäubchen trank, was aber Dimitrij natürlich nicht wissen konnte. Natürlich war die Verbindungstüre versperrt.

Der seriöse Herr Stadtrat zeigte sich von seiner „Überraschung" durchaus erbaut. Die Dame war groß, hatte eine bestechende Figur, lange, rote Haare, Beine bis zum Himmel – und sie wirkte nicht billig. Er mochte keine billig wirkenden Nutten, was Dimitrij natürlich wusste. Deshalb hatte er eines seiner besten Pferde im Stall aufgeboten, und er war sich nicht sicher, wer heute Nacht hier die Zügel in der Hand halten würde. Er hatte ihr eingeschärft, ihm seine Wünsche zu erfüllen, aber nicht zu übertreiben. Das Mädel hatte alle Spielformen der körperlichen Liebe auf Lager. Der letzte Freier wollte es auf die harte Tour und ohne Safeword – und konnte danach einige Tage weder sitzen noch liegen. Es war Dimitrij nur mit Anstrengung möglich gewesen, ihn zu beruhigen. Etwas Ähnliches durfte hier keinesfalls passieren. Aber so genau wusste man das gerade bei diesem Mädel nie. Irgendwie war sie durchgeknallt. Er lachte selbst über dieses unabsichtliche Wortspiel.

Als Dimitrij die beiden gerade verlassen wollte, hörte er durch die Verbindungstüre zur Suite 211 ein Lachen, das er kannte.

Und da wusste er, wo er Tatjana finden würde.

*

Sunnys Hungerattacke schrie nach Befriedigung durch ein Wiener Schnitzel mit Kartoffelsalat und Preiselbeer-kompott. Dazu würde ein Krügerl perfekt passen, und so beschloss er, sich anzuziehen und ein uriges Wiener Beisl zu suchen.

Er nahm die Lederjacke vom Haken, in der in der Innentasche noch sein Kindle steckte und überlegte kurz, ihn im Hotel zu lassen, besann sich aber dann anders. Vielleicht müsste er lange auf das Essen Warten, oder er hätte nach dem Essen noch ein wenig Lust zu lesen, und das könnte er genauso gut im Beisl wie hier im Hotel. Für das Bermudadreieck war es ja noch viel zu früh.

Sunny war es seit jeher gewohnt, seine Umgebung genau zu beobachten, eine alte Polizistenkrankheit, die auch Privatdetektive, selbst wenn sie im Urlaub waren, nie ganz ablegen konnten. Wie er nun also seine Zimmertür öffnete und hinaustrat, sah er zu seiner Überraschung Adrian und Flocki an der Tür zu Zimmer 211 klopfen. Von rechts, aus dem Stiegenhaus kam ein Mann, der ihm irgendwie bekannt vorkam. Er trug eine Warnweste, wie sie Feuerwehrleute manchmal haben und steuerte anscheinend ebenfalls auf Zimmer 211 zu, wo, wie Sunny wusste, Turteltäubchen und Uschi logierten.

Das war alles etwas eigenartig, fand er, beschloss aber, sich jetzt nicht darum zu kümmern. Erst als er diese etwas zu kurz geratene Karikatur von Arnold Schwarzenegger mit der unsympathischen Visage ebenfalls auf die Zimmertür zugehen sah, blieb er stehen, um nun doch zu beobachten, was da los war. Noch war der Hunger auszuhalten und die Neugier größer. Wenn man es genau nimmt, sind ja doch die Männer das neugierige Geschlecht, sie verstehen es nur gut, diese Eigenschaft den Frauen umzuhängen.

Tatjana war den beiden auf Anhieb sympathisch. Man merkte ihr die Erfahrung an, sie war zudem alt genug, damit Uschi in ihr keine Konkurrenz sah – und sie hatte ein sehr einnehmendes Wesen. Vor allem ihr Lachen war einfach lieb. Uschi freute sich schon darauf, mit ihr ein paar Sachen anzustellen, dass ihrem Helden der Mund offen bleiben würde.

Sie tranken gerade ihren Begrüßungssekt. Turteltäubchen hatte auch hier nicht gespart, wie Uschi anerkennend feststellte. Sie beglückwünschte sich insgeheim wieder einmal zu ihrer Entscheidung, den primitiven Nagel gegen ihn auszutauschen.

Tatjana hatte ihren Trenchcoat abgelegt und stand in aufreizend verführerischen rotschwarzen Dessous vor ihnen, die mehr zeigten als sie verhüllten, ohne aber nuttig zu wirken. Turteltäubchen mochte wie die meisten Männer Stil bei Frauen. Im Unterschied zu anderen Männern jedoch, die sich insgeheim vor starken Frauen fürchten, schüchterte ihn eine Frau, die wusste, wie sie ihre Vorzüge geltend machen musste und wer sie war, nicht ein.

Tatjana war so eine Frau. Sie war eine Hure, ja – aber das war noch lange kein Grund, ihr Selbstwertgefühl über Bord zu werfen. Sie sah es als einen Beruf wie jeden anderen, in manchen Belangen sogar als einen ehrlicheren Beruf. Ihre Kunden bekamen eine Gegenleistung für ihr Geld, das konnte schließlich nicht jeder von sich behaupten.

Und manchmal machte dieser Beruf sogar Spaß. Irgendwie vermutete sie, dass dies heute so sein könnte. In diesem Punkt irrte sie.

Nachdem man die Gläser geleert hatte, regelte Turteltäubchen das Geschäftliche mit dem Callgirl, das ihm mittlerweile mitgeteilt hatte, dass sie eigentlich Tatjana hieß, er sich aber aussuchen könne, wie er sie nennen wolle. Er antwortete, dass Tatjana ein sehr schöner Name sei und er keinen Grund sähe, wieso er sie anders nennen sollte. Dann gab er ihr die vereinbarte, beträchtliche Summe und fragte, wie es nun weiterginge.

Tatjana merkte, dass zumindest der männliche Teil ihrer Kundschaft etwas unsicher war und entschied sich dafür, die Zügel In die Hand zu nehmen. Mit ihrem unverkennbaren Lachen ordnete sie an – ja, sie fragte nicht, sie ordnete an – dass man sich in den sicher nicht zum Spaß schon eingelassenen Whirlpool setzen möchte, um sich dort „ein wenig besser kennenzulernen", wie sie es – wieder mit ihrem Lachen – ausdrückte.

Er möge daher zuerst den Damen aus ihren Textilien helfen, was Turteltäubchen mit Freude befolgte. Uschi deutete ihm, sich zuerst um Tatjana zu kümmern, nicht weil sie so höflich war, sondern weil ihre Neugier auf deren Körper zu groß war. Tatjana bot ihm daher ihren Rücken dar und genoss es sichtlich – oder spielte diesen Genuss jedenfalls sehr glaubwürdig – wie er ihr langsam die Korsage aufknüpfte und abnahm, ohne dass sie dazu auch nur einen Finger rührte. Dann drehte sie sich um und bedeutete ihm, sich wie ein Ritter auf ein Knie zu senken und stellte ihm zuerst den rechten und dann den linken Fuß auf seinen Oberschenkel, wobei er ihr langsam die

117

Strümpfe abstreifte, nachdem er ihr die hochhackigen Schuhe ausgezogen hatte.

Als er sie schließlich vom Hauch ihres Slips auch noch befreit hatte, stieg sie wortlos lächelnd in den Whirlpool, während er begann, sich um Uschis Kleid zu kümmern.

Spätestens da war ihm klar, dass das eine sehr, sehr interessante Nacht werden würde, womit er auch absolut und vollkommen recht hatte.

Allerdings in einer ganz und gar anderen Weise als er sich das in seinen Männerfantasien vorstellte.

*

Unser seriöser Herr Stadtrat war schon ein beträchtliches Stück weiter. Wir wollen hier nicht ins Detail gehen, aber man könnte es als beginnenden Geschlechtsakt bezeichnen. Er war kein Mann langen Vorspiels und seiner „Überraschung" war das durchaus recht. In ihrem Beruf war es durchaus üblich, den Höhepunkt des Kunden nicht allzu lange hinauszuzögern. Warum Stunden arbeiten, wenn man den gleichen Lohn in wenigen Minuten verdienen konnte?

Allerdings durfte es auch nicht allzu schnell gehen, sonst würde Dimitrij mit Sicherheit unangenehm werden, wenn er davon erfuhr. Also beschloss sie, dem älteren Herrn ein paar Spielarten zu bieten, die es ihm unmöglich machen würden, je mit Dimitrij darüber zu reden.

Sie fragte den seriösen Herrn Stadtrat daher in ihrem nicht allzu perfekten Deutsch, ob er etwas dagegen hätte, wenn sie ihn ans Bett fesseln würde?

Hatte er nicht. Gar nicht. Und so war er wenige Minuten später an Händen und Füßen fixiert und beobachtete fasziniert, wie seine „Überraschung" zu seiner Überraschung eine Tasche öffnete und ein paar Utensilien auszupacken begann, von denen er ahnte, dass sie sich nicht unbedingt angenehm anfühlen würden. Aber das Mädel würde schon wissen, wie weit sie gehen durfte.

Manchmal irrt man eben.

*

Als Flocki und Adrian ihren ganzen Mut zusammennahmen und an der Tür mit der Aufschrift „Suite 211" klopften, beschloss Johann Wagner, dass jetzt wohl der geeignete Zeitpunkt gekommen wäre, um seiner Frau und ihrem Liebhaber seine Aufwartung zu machen.

Er ging daher langsam auf die beiden Jugendlichen vor Zimmer 211 zu. Anscheinend war ihr Klopfen nicht gehört worden, oder man wollte nicht gestört werden. Damit hatte er insgeheim gerechnet.

Er schob sie wortlos beiseite und klopfte laut und fordernd an die Türe. Er verstellte seine Stimme: „Bitte öffnen. Wir haben hier einen Brandalarm gemeldet bekommen!"

Adrian und Flocki waren viel zu verblüfft, um etwas zu sagen oder sich einfach nur zu verdrücken. Vielleicht waren sie auch viel zu geil, um zweiteres zu tun. Die beiden Herren Studenten blieben einfach stehen und glotzten dümmlich.

Sekunden später öffnete ein ihnen fremder Mann die Tür. Fremd? Irgendwie kam er ihnen bekannt vor.

11

Turteltäubchen war erregt.

Er hatte Uschi gerade das Kleid abgestreift und wollte sich nun um ihre Dessous kümmern, als es an der Türe klopfte. Zuerst ignorierte er das Klopfen, aber dann klopfte es noch einmal, diesmal lauter und er vernahm eine Stimme, die irgendetwas von einem Brandalarm faselte. Eigentlich sollte er das ignorieren, dachte er sich, aber was, wenn es wirklich brannte? Das wäre zu riskant. Vor allem auch, weil die ganze Sache dann kaum noch geheim zu halten wäre. Er ging zur Türe und öffnete sie einen Spalt, um dem Fremden mitzuteilen, dass das definitiv ein Irrtum sein müsse und ihn schnell abzuwimmeln. Das war jetzt wahrhaftig der falsche Moment für so eine Störung!

Und dann bekam er ohne jede Vorwarnung von der Türe einen heftigen Schlag und flog zurück ins Zimmer, wo er zu Füßen seiner Uschi ziemlich unsanft landete, mit dem Hinterkopf aufschlug und kurz die Besinnung verlor.

*

Dimitrij hatte seine Brille abgenommen. Bei dieser Sache würde sie nur hinderlich sein. Körperliche Gewalt und Sehbehelfe waren keine kompatible Kombination. Auch ohne Brille sah er noch immer gut genug, um diesem Miststück und ihrem Freier eine Abreibung zu verpassen, die sie lange nicht vergessen würden.

Und der Zufall schien ihm zu Hilfe zu kommen.

Vor der Suite 211 standen drei Typen und klopften. Anscheinend ein Feuerwehreinsatz. Ihm war das egal, als er sah, dass sich die Türe einen Spalt öffnete. Er nahm Schwung und rammte die Tür samt dem dahinter stehenden Typen, dass dieser durch den halben Raum flog und vor den Füßen von ... ah, da war ja das Luder!

Man muss es dem erregten Russen verzeihen, dass er ohne Brille unsere Uschi für seine Tatjana hielt, zumal sich die beiden ja durchaus ähnlich sahen. Zumindest, wenn man nicht viel sieht außer Umrisse und dunkle Haare.

Dass Uschi vor einem Whirlpool stand, entging ihm genauso wie der erschrockene Gesichtsausdruck der Dame im Pool, die er in seiner Wut gar nicht bemerkte.

„Dimitrij, njet!", schrie sie aus dem Whirlpool hinter Uschi, was ihn vollends davon überzeugte, dass die Frau vor ihm die zu disziplinierende Mitarbeiterin Tatjana war. Rasputin hätte seine Freude an diesem tobenden Michelin-männchen gehabt.

Langsam ging er auf sie zu und ließ sein Messer herausspringen, während Turteltäubchen, aus seiner kurzen Ohnmacht erwachend aber noch immer etwas benommen, ungläubig auf diese Szene blickte und sich dachte: „Ich bin im falschen Film!"

*

Sunny reagierte wie eine gut geölte Maschine.

Als er sah, dass ein unbekannter Muskelprotz mit etwas in der Hand, das aussah wie ein noch nicht geöffnetes Messer, die Türe rammte, worauf man aus der Suite ein plumpsendes Geräusch und ein Stöhnen hörte – sicher von Armin – zögerte er keine Sekunde, rannte an den verdutzten Jugendlichen und Johann Wagner mit einem „Was macht ihr hier?" vorbei und packte den ihm Unbekannten, der mittlerweile sein Messer aufgeklappt hatte, an der Schulter.

„Raus hier, aber flott!"

Und dann geschah alles ganz schnell. Am übernächsten Tag schrieb eine kleinformatige Zeitung auf Seite drei – die Seiten eins und zwei gehörten der „Fliegenden Dumpftanne", wie sie den stürzenden Christbaum nannten – vom „Wiener Hotelinferno", und so ganz unrecht hatte sie diesmal ausnahmsweise nicht.

Dimitrij kannte den Fremden nicht, der ihn da unsanft an der Schulter zurückhielt und zudem ganz offensichtlich wollte, dass er den Raum verließ. Aber auch wenn er ihn gekannt hätte – Dimitrij war viel zu heiß gelaufen, um noch in irgendeiner Form rationaler Gedanken fähig zu sein. Stattdessen drehte er sich blitzschnell um und stieß zu. Er traf den Fremden am Oberkörper, dort wo das Herz sitzt, worauf dieser nach hinten zu Boden kippte. Anscheinend war sein Messer auf eine Rippe getroffen, er spürte den Widerstand, aber das würde auch so reichen, dass der Typ außer Gefecht war.

Sunny saß da und blickte ungläubig auf das Messer, mit dem der zu kurz geratene Muskelprotz auf ihn eingestochen hatte. Er spürte keinen Schmerz. Das musste der Schock sein, dachte er sich, um dann zu realisieren, dass ihm sein Hobby eben das Leben gerettet hatte. Sunny las eben gerne und viel und hatte, wie wir wissen, daher seinen Kindle fast immer eingesteckt. Er würde einen neuen brauchen, dachte er verbittert.

Der Mann mit dem russischen Akzent hatte sich in der Zwischenzeit umgedreht und wandte sich Uschi zu. Was wollte er von ihr?

Sunny rappelte sich auf, wobei er versuchte, kein Geräusch zu machen. Es wäre aber gleichgültig gewesen, denn dieser Russe brüllte die Arme gerade in Russisch an.

*

Wenn man aufgeregt ist, Todesangst hat oder einen heiligen Zorn (der gar keine religiösen Gründe haben muss), dann bedient man sich fast immer und unwillkürlich seiner Muttersprache, auch wenn man schon jahrelang in einem anderen Land lebt.

Dimitrij war aufgeregt und zornig. Er brüllte seine vermeintliche Mitarbeiterin auf Russisch an, was sie hier täte und was sie sich einbilde, auf eigene Rechnung anzuschaffen. Dass er ihr jetzt zeigen würde, welche Konsequenzen das hätte und dass sie kein Freier mehr ansehen würde, wenn er mit ihrem Gesicht fertig wäre. Und so weiter. Und so fort.

Tatjana verstand als einzige. Sowohl was Dimitrij sagte und warum er es zu Uschi sagte. Er hatte mit Sicherheit seine

Kontaktlinsen nicht drin, das wurde ihr in diesem Moment klar, und hielt daher die vor ihm stehende Kundin für sie.

Tatjana analysierte die Lage blitzschnell. Der Kunde lag noch am Boden und jammerte, von dem war keine Hilfe zu erwarten. Der fremde, gut aussehende Mann, der hinter Dimitrij in den Raum gestürzt war, musste vom Messerstich schwer verletzt sein und würde auch nicht eingreifen können. Die beiden Jugendlichen mit den offenen Mäulern an der Tür waren offensichtlich in Schockstarre verfallen, die konnte man ebenfalls vergessen. Genau wie den Typen in der Warnjacke, der anscheinend so wenig wie alle anderen kapierte, was hier gerade ablief. War sie hier nur von Idioten umgeben?

Es blieben also nur die Kundin und sie selbst. Und das Überraschungsmoment.

Sie griff nach der halbvollen Sektflasche neben dem Whirlpool. Mit einem wehmütigen Gedanken daran, dass dieser Sekt für Dimitrij eigentlich viel zu schade war.

*

Der seriöse Herr Stadtrat hatte bei den ersten Schlägen mit der Lederpeitsche derart gejammert, dass sich seine „Überraschung", die sich zu einer rothaarigen Furie verwandelt hatte, dazu entschließen musste, dieses

Gewinsel zu dämpfen und ihm einen Knebel in den Mund gesteckt und mit einem Lederband fixiert hatte.

Sie war jetzt richtig in Fahrt. Eine Rachegöttin mit leuchtend rotem Haar stand über den armen, gefesselten Stadtrat gebeugt und waltete ihres Amtes. Die nächsten Schläge hinterließen deutliche rote Striemen auf seiner Brust, aber das war erst der Anfang. Mit Befriedigung sah sie, dass seine Erregung nachgelassen hatte. „Diese Nacht vergisst er nicht so schnell!", dachte sie und grinste. Sie war jetzt in ihrer eigenen Welt, ohne über die Konsequenzen nachzudenken.

Sie legte die Lederpeitsche weg und holte sich ihr fiesestes Stück aus der Tasche. Eine Peitsche mit neun Gummischnüren mit rechteckigem Querschnitt. Ein richtig böses Ding. Der Schmerz war krass, brennend und vor allem lang anhaltend. Und die Spuren, die es hinterließ, sah man noch nach Wochen, wenn die Haut nicht überhaupt aufriss.

Nach dem ersten Schlag zuckte, wand und warf sich der seriöse Herr Stadtrat in seinen Fesseln, soweit diese es zuließen. Nach dem zweiten und dritten Schlag zeichneten sich offene, blutende Streifen auf seiner Brust und seinem Bauch ab. Als sie erneut ausholte, hörte sie aus dem Nebenzimmer einen dumpfen Krach, kurz darauf eine vertraute Stimme schreien, einen erneuten Plumps und wieder die Stimme, die sie in die Realität zurückholte. Jedenfalls fast. Noch einmal schlug sie mit voller Kraft zu, was dem seriösen Herrn Stadtrat vor Schmerz fast die Besinnung raubte.

Dimitrij!

Irgendetwas lief nebenan gehörig schief. Da sie keine Aufenthaltsgenehmigung hatte, beschloss sie, sich lieber aus dem Staub zu machen, zog sich blitzschnell an und rannte, ohne ihre Folterwerkzeuge einzupacken, aus der Suite und zum Lift.

Drei Minuten später saß sie in einem Taxi.

Der seriöse Herr Stadtrat aber, den sie vergessen hatte zu befreien, war das erste Mal in seinem Leben froh, dass eine Frau aus dem Schlafgemach floh, bevor es zum Sex gekommen war. So mussten sich die Sklaven gefühlt haben, wenn sie ausgepeitscht worden waren.

*

Dimitrij ging auf Uschi zu. Er hielt sie noch immer für Tatjana. Johann Wagner versuchte indes immer noch, die Lage zu erfassen. Dieser zu kurz geratene Rambo bedrohte seine Frau. Mit einem ziemlich gefährlich aussehenden Messer, mit dem er soeben den Ganshofener Polizisten –

Expolizisten, und was machte der hier? Außer sterben? – niedergestochen hatte.

Natürlich war Johann sauer auf seine Frau. Er hatte sie quasi in flagranti mit diesem aufpolierten Oldtimer mit dem beachtlichen Gemächt erwischt, plus einer weiteren Frau. Aber so sauer, dass er einfach zugesehen hätte, wie ein dahergelaufener Zuhälter – der Typ sah aus wie einer – seine Frau aufschlitzte, das ging ihm zu weit.

Er sprang von hinten auf den Russen zu.

Flocki und Adrian glotzten immer noch blöd vor sich hin. Aber als sie den vermeintlichen Feuerwehrmann handeln sahen, löste das in ihnen ebenfalls den Beschützerinstinkt aus, und sie liefen auch auf den Russen zu.

Und zu guter Letzt hatte Sunny begriffen, dass er jetzt noch nicht an einem Herzstich sterben würde und beschloss seinen Kindle zu rächen.

Dimitrij hörte hinter sich Geräusche, drehte sich um, wich aus und sah, wie vier Verrückte sich auf seine vor dem Pool stehende Tatjana und vom eigenen Schwung der Bewegung samt ihr in den Whirlpool stürzten als sie über den am Boden liegenden Armin Turtler stolperten, wobei Flocki mit dem Kopf mit Johann Wagner zusammenkrachte, worauf beide benommen waren. Turteltäubchen hatte zudem das Pech, dass Johann Wagner so unglücklich auf ihn fiel, dass seine Nase umknickte wie ein Politiker bei einem Wahlversprechen, was er aber nicht spürte, weil er schon wieder ohne Bewusstsein war.

Den Pool hatte die wahre Tatjana mittlerweile verlassen.

Dimitrij lachte. Was für Idioten. Um die würde er sich später kümmern. Zuerst ...

In diesem Moment krachte eine halbvolle Sektflasche auf seinen Hinterkopf. Sie zerbrach nicht, das tun sie nur im Film, weil sie dort aus Zucker gemacht werden.

Auch sein Schädel zerbrach nicht. Erst als er niederstürzte und auf die Armatur des Whirlpools krachte, knackte sein Jochbein mit einem trockenen Knirschen ein.

Zu Adrians Pech erwischte ihn Dimitrijs Messer noch, als dieser schon das Bewusstsein verlor und schlitzte ihm den Unterarm auf. Das Wasser färbte sich rosa. Anscheinend war eine große Vene oder gar eine Arterie verletzt.

Uschi saß reglos mitten im Pool. Über den Rand des Pools hing der leblose Dimitrij und begann bewusstlos mit seinem Ertrinkungsvorgang. Links und rechts von Uschi lagen Flocki und Adrian halb im Wasser, das mittlerweile aussah wie das eines dieser mit lustigem, roten Färbemittel für Kinderbadewasser behandelten. Ihr wisst schon, um die Kleinen zu motivieren, doch zu baden.

Vor dem Pool hielt sich halb bewusstlos Johann Wagner seinen Kopf.

Über ihn gebeugt streckte Sunny den Kopf an Tatjana vorbei, begutachtete die ganze Szenerie und meinte trocken:

„Was für ein Durcheinander. Schon wieder!"

12

Siebzehn Minuten später war die Polizei da, weitere drei Minuten später die Rettung. Die Beamten und Sanitäter blickten auf ein Schlachtfeld. Sunny hatte den Russen aus dem Whirlpool gezogen, wohl kurz bevor dieser ertrunken wäre, ihn auf den Bauch gelegt, und ihm mit dem Antennenkabel des TV Geräts fachgerecht die Hände und Beine verschnürt.

Indes hatten sich Uschi und Tatjana, die sich einen Bademantel übergeworfen hatte, um den verletzten Arm Adrians gekümmert und ihn mit einem Strumpf abgebunden, was diesem wohl vorerst das Leben gerettet hatte. Ja, Frauenstrümpfe können nicht nur gerissene Keilriemen ersetzen sondern sogar Leben retten! Er hatte ziemlich viel Blut verloren. Johann Wagner hatte eine monströse Beule mitten auf der Stirn und war gerade dabei, seine zukünftige Exfrau zur Rede zu stellen.

Turteltäubchen war zu seinem Glück immer noch ohne Besinnung. Das letzte, an das er sich erinnern würde, wenn er im Allgemeinen Krankenhaus erwachen sollte, war, dass er die Tür öffnen wollte.

Für den Ermittlungsbeamten, der Licht in die Sache bringen sollte, war das eine fast unbewältigbare Aufgabe. Alle redeten durcheinander, jeder erzählte etwas anderes, manche ignorierten ihn überhaupt, wie Uschi und ihr Mann, und der Rest stöhnte oder war bewusstlos. Man könnte direkt eine Mitleidskrise bekommen. Er grinste über das Wortspiel in sich hinein.

Dann beschloss er, einfach die ganze Szenerie zu fotografieren und das Schlamassel seinen Kollegen zu überlassen. Ende des Jahres würde er sowieso in Pension gehen, was kümmerte ihn dieser Schwachsinn hier?

Er versuchte lediglich zu klären, warum dieser Russe gefesselt am Boden lag. Als auf seine diesbezüglichen Fragen wieder niemand reagierte, riss ihm der Geduldsfaden und er brüllte, so laut er konnte:

„RUHE!"

Für einen kurzen Augenblick war es mucksmäuschenstill im Raum. Nur ein Stöhnen und Wimmern war aus Richtung der Verbindungstüre zu hören. Der Ermittlungsbeamte ordnete dem mittlerweile ebenfalls im Raum befindlichen Chefportier an, die Türe zu öffnen.

*

Der bis zu diesem Zeitpunkt meist sehr seriöse Herr Stadtrat bot ein ganz und gar unseriös wirkendes Bild.

Und weil der Ermittlungsbeamte schon einmal beim Fotografieren war, knipste er auch die Szene im Nachbarzimmer, wo der Stadtrat nackt ans Bett gefesselt und offenbar misshandelt einen mitleiderweckenden und eher traurigen Anblick bot, bevor er ihn von seinen Fesseln und dem Knebel befreite.

Wie das entsprechende Handyfoto den Weg ins österreichweit gelesene Kleinformat schaffte, ließ sich nie ganz klären. Der Ermittler hatte später immer bestritten, es verkauft zu haben, und beweisen ließ sich nichts. Da er kurz darauf sowieso in Rente ging, hatte es für ihn praktisch keine Folgen, außer dass er sich vom Judaslohn ein Modellflugzeug kaufen und endlich nur für sein Hobby leben konnte.

Unglaublicherweise hatte es auch keine beruflichen Folgen auch nicht für den Stadtrat. Die veröffentlichte Meinung einigte sich darauf, dass auch ein Stadtrat im Privatleben machen könne, was ihm beliebt, sofern er keine Gesetze brach. Sogar blutend und nackt in einem Luxushotel vor sich hin wimmern.

Seine Frau sah das naturgemäß anders und erreichte eine schnelle Scheidung samt Einigung auf eine beträchtliche Einmalzahlung.

Aber zurück zur Szenerie:

Nach mehreren Befragungen kristallisierte sich für den Beamten heraus, dass der gefesselte Russe der Zuhälter der Dame im Bademantel und gewaltsam ins Zimmer eingedrungen war, wo er mit dem Messer den Jugendlichen verletzt und diesen Sonnbauer, anscheinend ein Exkollege, versucht hatte zu töten.

Jedenfalls genügend Tatverdacht, um ihn festzunehmen und unter Bewachung ins Spital bringen zu lassen.

Der am Boden liegende, der langsam zu Bewusstsein kam, hatte wohl mit der anderen Dame hier gewohnt und sich die Nutte für einen flotten Dreier – flott, hahaha – kommen lassen, war vom Ehemann der Frau überrascht und vom gewaltsam eindringenden Russen zu Boden gestreckt worden.

Was die beiden Jugendlichen hier wollten, ließ sich trotz mehrmaliger Nachfrage nicht klären. Der eine war bereits mit Blaulicht ins AKH unterwegs, und der andere hatte darauf bestanden, ihn zu begleiten. Anscheinend war er froh, die Szene verlassen zu können. „Ja, das wäre ich auch!", dachte sich der Ermittlungsbeamte und nickte unwillkürlich dabei.

Der Stadtrat in der Suite Nebenan schien mit alldem nichts zu tun zu haben. Ihm wurde daher gestattet, sich zu entfernen, nachdem ihm die Sanitäter geraten hatten, die Striemen mit irgendeiner Salbe zu behandeln.

Dieser Expolizist dürfte hier rein zufällig hineingeschlittert sein, stellte er fest. Er wollte eben sein Zimmer verlassen, als die Turbulenzen begonnen hatten, und hatte wohl nur nach dem Rechten gesehen. Einmal Bulle, immer Bulle!

An der Tür räusperte sich jemand. Ein feiner Pinkel, stellte der Ermittlungsbeamte fest, der jetzt allein war, nachdem seine beiden Kollegen den Russen auf dem Weg ins Krankenhaus bewachen mussten.

„Guten Tag, ich bin hier der Hotelmanager. Wer bezahlt mir hier den Schaden? Vom Imageverlust ganz zu schweigen?"

„Ich sicher nicht.", stellte er lakonisch fest, drehte sich um, und ließ den feinen Pinkel stehen wie bestellt und nicht abgeholt. Einer der Vorteile, wenn man kurz vor der Pension steht: Man muss auf solche arroganten Affen keine Rücksicht mehr nehmen.

Er teilte den Anwesenden mit, dass nach nunmehr erfolgter Feststellung aller Personalien nichts mehr dagegen spräche, dass sie alle ihres Weges gingen. Die Verletzten waren mittlerweile schon alle auf dem Weg ins Krankenhaus, nur Dr. ... ähm ... Turtler hätte darauf bestanden, dass er aufgrund seiner eigenen ärztlichen Einschätzung nur eine Gehirnerschütterung erlitten hätte und keines Krankentransports bedürfe und stattdessen lieber hier im Hotel bleiben wolle.

Allerdings nicht in diesem Zimmer, denn das würde als Tatort jetzt polizeilich versiegelt werden.

„Wir haben kein anderes Zimmer frei und wenn, würden Sie es nicht bekommen!", versicherte ihm der Hotelmanager.

Armin Turtler pflanzte sich wenige Zentimeter vor ihm auf: „Darüber würde ich an Ihrer Stelle noch einmal nachdenken. Ich bin in Ihrem Hotel von einem Zuhälter im Zimmer überfallen und niedergeschlagen worden. Das könnte teuer werden."

Turteltäubchen bekam für diese Nacht die Präsidenten-suite, und der Zimmerservice bekam einiges zu tun, weil

Uschi mit ihrem Mann und ihrem neuen Kleid nach Hause fuhr. Es hatte schon gesprächigere Autofahrten gegeben.

∗

Marias Nachtdienst war von Anfang an wenig erfreulich verlaufen. Sie hatten mit den vielen Leichtverletzten von der Christbaummisere allerhand zu tun, dazu der Bürgermeister, der sich den Arm gebrochen hatte, und um den man sich natürlich besonders hingebungsvoll kümmerte, seit er vor einigen Monaten im Fernsehen lauthals verkündet hatte, dass im AKH Wien der Schlendrian drinnen sei und man Personal einsparen sollte. Man kann einen gebrochenen Arm auch ohne Betäubung langsam einrichten und eingipsen, das muss nicht immer schmerzfrei geschehen.

Als das Ärgste erledigt und alle schon ziemlich geschafft waren, kam mit der Rettung ein junger Mann mit einer beträchtlichen Armverletzung und ziemlichem Blutverlust.

Das auch noch!

Und dann sah sie, wer es war!

„Adrian!", schrie sie in der Panik einer Mutter, die Angst um ihr Kind hat. Und sah auf den zweiten jungen Mann, der ihren Sohn begleitet hatte.

„Die Ähnlichkeit ist unglaublich.", meinte der Arzt neben ihr, „Ist das Ihr Sohn?".

„Ja, bitte helfen Sie ihm. So viel Blut!"

Der Arzt schaute konsterniert und meinte: „Nein, nicht der Verletzte. Der andere!"

*

Flockis Onkel hatte es auch erwischt, als der Baum fiel. Er hatte ziemliche Abschürfungen an seinem rechten Arm erlitten und sich den Daumen gebrochen. Nachdem ihm ein Nachwuchsarzt seine Verletzungen behandelt hatte, kam er aus dem Behandlungszimmer – und stand Flocki gegenüber.

„Was machst denn du da?", fragte er ihn.

Flocki kratzte sich am Kopf. „Weißt Onkelchen, das ist eine lange Geschichte." Etwas Besseres fiel ihm nicht ein. Stattdessen drehte er sich zum Arzt um und fragte, wie es um Adrian stünde.

„Er wird nicht daran sterben, aber es scheint eine große Vene verletzt zu sein. Er muss in den OP.", meinte dieser. Dann ordnete er bei einer vorbeigehenden Schwester – Adrians Mutter, die eigentlich Flockis Mutter war, wollte er aus einem Gefühl heraus nicht belangen – Plasma, um den

Blutverlust auszugleichen und einem Schock vorzubeugen und trug ihr auf, den OP zu informieren.

Adrians Mutter aber hatte die Sprache verloren und fiel um wie ein nasser Sack, als sie seine Stimme hörte.

13

Adrians Operation dauerte nur kurz. Es war glücklicherweise keine Arterie verletzt worden. Aber die nächsten Tage hatten einige Verletzungen seelischer Art zu bieten, die weitaus schlimmer waren.

Adrians Mutter hatte, als sie wieder zu sich gekommen war, irgendwie geahnt, was es mit Flocki auf sich hatte. Da aber eine Frau kaum die Möglichkeit hat, nicht zu wissen, dass sie einen (weiteren) Sohn hat, wie das bei Männern durchaus schon mal vorkommen kann, konnte sie sich nicht erklären, was da los war und bat die Ärzte, einen DNA Abgleich zu machen.

Man erklärte ihr, dass man das ohne Einwilligung aller Betroffenen nicht dürfe.

„Na, dann fragt ihn halt, um Gottes Willen!", schrie sie den Oberarzt an.

Der war von diesem Gefühlsausbruch der sonst für ihre Ruhe und Sachlichkeit bekannten Schwester Maria so überrascht, dass er Flocki fragte, ob er für einen Vergleich etwas DNA haben dürfe.

Flocki war viel zu verwirrt, um abzulehnen.

*

Tatjana war nach dem ganzen Inferno schon am Weg nach Hause, als sich ihr Gewissen meldete. Sie hatte noch die Telefonnummer ihres heutigen Kunden und rief ihn an. Er hatte bezahlt, nicht einmal wenig, und auch wenn sie eine Prostituierte war, hatte sie ihren Stolz. Und so bot sie dem völlig überraschten Turteltäubchen an, zu ihm ins Hotel zurückzufahren, um ihm das Geld zurückzugeben, zumal ihr Zuhälter ja für das ganze Schlamassel irgendwie hauptverantwortlich gewesen sei.

Armin nahm das Angebot an. Aber anders als Tatjana es vorgehabt hatte. Er ließ sie für ihr Geld arbeiten. Und Tatjana hatte in dieser Nacht nie das Gefühl, dass es Arbeit wäre.

Es ist schon interessant, was emotional aufwühlende Situationen in Menschen zum Vorschein bringen.

Kurz gesagt: Es war für beide der beste Sex ihres Lebens, wobei das bei Tatjana sicherlich aussagefähiger war als beim ebenfalls nicht gerade als Kind von Traurigkeit bekannten Gerichtsmediziner Turtler.

Tatjana schlief diese Nacht bei ihm und brach damit eine ihrer eisernen Regeln. Und es war nicht ihre letzte gemeinsame Nacht, nur dass Turteltäubchen nie wieder dafür bezahlen musste.

Zumindest musste er ihr kein Geld dafür in die Hand drücken.

Tatjana stieg aus und vier Monate später war sie Frau Doktor Armin Turtler, wie die Kulmbacher sie ab da nannten.

Nach Griechenland kam Tatjana nie.

*

Die Dumpflinger fuhren indes spätnachts verspätet in ihren Bussen zurück und unterhielten sich über das Vorgefallene. Oder das Umgefallene, eher. Die letzten Monate schien der Teufel in Dumpfling Karneval zu halten. Diese Anhäufung von Katastrophen war schon direkt unheimlich.

Zuerst der mysteriöse Tod des Leo Dörflinger, dann der Bankraub und die Baumattacke der Familie Vukovic. Der Noch-Bürgermeister Nagel scheinbar in beides irgendwie verstrickt. Einige Skandale aufgedeckt. Der ehemalige Bürgermeister und der Noch-Vizebürgermeister und dessen Sohn im Gefängnis. Und jetzt hatte man beinahe auch noch den Wiener Bürgermeister mit einem

Dumpflinger Christbaum in die ewigen Jagdgründe geschickt.

So konnte es nicht weitergehen. Da brauchte es Lösungsstrategien!

Jemand hatte dann glücklicherweise ein paar Flaschen Korn im Gepäck, und es wurde doch noch eine lustige Heimfahrt. Und wenn die Fahrt noch ein paar Stunden länger gedauert hätte, dann wäre der Baum nicht nur umgefallen sondern explodiert, der Bürgermeister tot und in Wien der Notstand ausgerufen worden.

Alkoholgenuss schmückt Geschichten auf eine Art aus, wie es kein Romanschriftsteller vermag.

Und kurz vor Linz begannen sie zu singen. Volksliedgut. Als Flockis Onkel dann sein „Die Fahnen hoch!" anstimmte, bekamen die meisten das schon gar nicht mehr mit.

14

Der DNA Abgleich dauerte im Schnelllabor nur eine Stunde, dann war klar, dass Flocki Marias leiblicher Sohn war.

Der Arzt hatte aber auch gleich Adrian testen lassen, Blut hatte er von ihm wahrlich genug.

Als er mit dem Ergebnis zu Maria ging und sie aufforderte, sich zu setzen, wurde sie blass. Die Farbe kehrte auch nicht in ihr Gesicht zurück, als Adrian und Flocki den Raum betraten. Der Oberarzt stand nicht auf sentimentale Vorgehensweisen. Fakten auf den Tisch und dann einen Psychologen das Chaos beseitigen lassen, war seine Prämisse.

Nach drei Minuten wusste Maria, dass Adrian nicht aber dafür Flocki ihr leiblicher Sohn war. Und die beiden wussten es ebenfalls. Wie das passieren konnte, erklärte der Oberarzt, wohl um die peinliche Gesprächspause zu überbrücken, weil alle sprachlos waren, auch gleich:

„Vertauschungen kommen heutzutage kaum noch vor, aber vor knapp zwanzig Jahren ist das durchaus öfter passiert. Zumal die Nachnamen sehr ähnlich sind und die beiden Herren anscheinend am gleichen Tag im gleichen Spital zur Welt gekommen sind. Meine Herren, sie haben jetzt irgendwie alle beide doppelt so viele Eltern wie andere. Sehen Sie es als Glücksfall und nicht als Schicksalsschlag!"

Und damit verdrückte er sich, so schnell er konnte. So ganz geheuer war ihm die Situation dann doch nicht. Er war an diesem Tag heilfroh, dass noch ein Motorradunfallopfer mit Milzriss seine Aufmerksamkeit beanspruchte.

*

Johann und Uschi Wagner hatten zwei Stunden Zeit, ihre Situation zu durchdenken, als sie mit dem Mietwagen nach Hause fuhren. Sie wagte nicht einmal zu fragen, was mit seinem Dienstauto geschehen war.

Und beide kamen zu dem Schluss, dass sie aneinander hingen, aber Uschi wagte nicht, das zu sagen und Johann hatte verständlicherweise eine Stinkwut auf sie.

Uschi machte sich daran, ihm ein Frühstück zuzubereiten. Morgengrauen. Im Sinne des Wortes. Aber ein voller Magen ist schon einmal eine gute Basis für ein vernünftiges Gespräch.

Und dieses Gespräch dauerte sehr lange. Sie kamen überein, dass er ihr verzeihen wollte, aber sie würde ihm fortan treu bleiben.

Uschis Dankbarkeit war grenzenlos. Sie würde ihn nie wieder betrügen, versicherte sie ihm unter Tränen, und das war ihr Ernst.

Sie hielt Wort. Immerhin dreizehn Monate. Er musste ja nicht alles erfahren.

Über Dimitrij brach sein jahrelang durch Angst und Schrecken zusammengehaltenes Machtkonstrukt zusammen wie eine gotische Kuppel, wenn man den Schlussstein entfernt.

So ist das mit Abhängigkeiten. Wenn Zusammengehörigkeit nicht auf Sympathie gründet sondern auf Terror, und den Spitzenmann die Fortune verlässt, steht er alleine da.

Neben dem zweifachen versuchten Mord, als den man seine Attacke im Hotel dem Gericht präsentierte, sagten auch viele weitere seiner früheren Opfer aus. Er wurde daher zu zwanzig Jahren Haft verurteilt, von denen er aber nur zwei Jahre absaß, weil dann sein Körper dem jahrelangen Anabolikamissbrauch Tribut zollte und die Organe streikten.

Der Russenmafia versetzte das keinen großen Rückschlag. Dimitrij wurde ersetzt, das Geschäft lief wie gewohnt weiter.

Nur der seriöse Herr Stadtrat zahlte seine Opernkarten ab da lieber selbst.

*

Sunny fand, dass sein Wienurlaub ein voller Erfolg gewesen war. Er hatte noch einen Tag angehängt und nachts darauf endlich seinen Spaß im Bermudadreieck und danach in seinem Hotelzimmer gehabt.

Aber am Montag war es Zeit zurückzufahren und wieder an die Arbeit zu gehen.

Zuerst verkaufte er die Geschichte an eine Zeitung, wobei er vertraglich vereinbarte, dass die beteiligten Personen anonymisiert wurden. Und zwar so, dass wirklich niemand wusste, wer beteiligt war. Also auch keine Berufsbezeichnungen (so viele Gerichtsmediziner Dr. T. gab es nun auch nicht) und keine versteckten Hinweise. Die Story war auch so immer noch ein Renner.

„Ganshofener Privatermittler verhindert Massaker!"

„Ganshofener mischt Russenmafia auf!"

Etc.

Sein Geschäft lief ab da noch besser als vorher. Er konnte es sich leisten, alle Aufträge abzulehnen, die ihm nicht zusagten und beschäftigte bald darauf zwei Ermittler als freie Mitarbeiter.

Und Emilie, die Ganshofener Polizistin, verpasste ihm nachwievor Strafzettel, die sein Exkollege Ernst nachwievor zerriss.

Manche Dinge ändern sich eben nie.

147

Epilog

Nach dem ersten Schock hatten sich die Familien von Adrian Hinzberger und Florian Hirzberger zusammengesetzt und beratschlagt, was zu tun war. Es war ja nun keine ganz einfache Situation.

Adrians gesetzliche Eltern waren geschieden, Florians nicht. Die gesetzlichen Eltern waren nicht die leiblichen, sondern genau umgekehrt.

Was also tun?

Da sich alle, selbst Maria und ihr Exmann, eigentlich ganz gut ausstehen konnten, beschloss man, die Sache nicht unnötig kompliziert zu machen, sondern den Status Quo beizubehalten. Finanziell waren beide Familien auch in etwa gleich gut gestellt, sodass keinem der beiden Burschen daraus ein großer Nachteil erwachsen würde.

Dann hatte Onkelchen die erste wirklich gute Idee seines Lebens. Man sollte die Geschichte verkaufen. Also quasi als Film. Und den Burschen damit einen Grundstock verschaffen, eine finanzielle Basis.

Die Idee wurde aufgegriffen. Irgendwann demnächst wird sie im österreichischen Rundfunk wohl gesendet werden. Ohne Onkelchen und sein Lieblingslied.

Die betroffenen Herren Studenten hatten es dabei gar nicht so übel erwischt. Maria fühlte sich jetzt als Mutter von beiden und die Zeiten, wo sie Studentenfutter gegessen hatten, weil sie einmal wieder auf das Einkaufen vergessen hatten, waren vorbei.

Auch ihre Wäsche wusch sie regelmäßig. So kann man schon recht angenehm studieren, nicht wahr?

Und das taten sie dann zur Freude ihrer Doppelfamilien auch brav.

Nur von deutlich älteren Frauen ließen sie ab da die Finger.

Impressum:

Inhalt © Dipl. Ing. Günter Leitenbauer

Email: guenter@leitenbauer.net

ISBN: 9783739221212

Herstellung und Verlag:
BoD - Books on Demand, Norderstedt

Jede Adaptierung, Aufführung oder andere Verwendung, auch auszugsweise, nur mit schriftlicher Genehmigung des Autors!

MIX

Papier aus verantwortungsvollen Quellen
Paper from responsible sources

FSC
www.fsc.org

FSC® C105338